饥饿艺术家

Ein HungerKünstler

设计师联名书系·K经典

[奥]弗朗茨·卡夫卡 Franz Kafka 著 ● 卡夫卡中短篇作品 ● UNREAD

彤雅立 译 ● 德文直译全集 ● 北京燕山出版社
BEIJING YANSHAN PRESS

目 录

饥饿艺术家
Ein Hungerkünstler

作品简介

　　《饥饿艺术家》（*Ein Hungerkünstler*）收录短篇小说四则。1923年7月初，卡夫卡在德国北部波罗的海附近的米里茨（Müritz）旅行时，赴柏林与史密德出版社（Verlag Die Schmiede）谈妥出版该短篇小说集一事，卡夫卡返回布拉格后，于8月28日签署合约寄回柏林。其间，卡夫卡在波罗的海结识了德国犹太女友朵拉·迪亚曼特（Dora Diamant，1898—1952），并考虑移居柏林。9月23日，卡夫卡迁往柏林与朵拉同居。六个月后，因通货膨胀的经济因素与急转直下的健康状况，他于1924年3月17日返回布拉格父母家中，停留近三周。4月5日转往维也纳附近疗养，病中校对书稿。6月3日于基尔林（Kierling）病逝。8月底，《饥饿艺术家》正式出版。

最初的苦痛 [1]

Erstes Leid

一名荡着秋千的空中飞人——众所周知，这样一门在高处摆荡、在大型马戏舞台上施展的技艺，是所有人类能力所及的技艺当中最为困难的一种——他先是因为力求完美，后来也出于根深蒂固的习惯，将自己的人生如是安排；只要他忙于一项演出计划，便会不分昼夜地待在空中秋千上。

他的所有需求，而且是非常微小的需求，皆由轮班的勤杂工处理。他们守在底下，将上面需要的所有东西放进一个特制的容器里递上拉下。这样的生活

1　本文完成于1921年。

3

方式并未给周遭的人带来特别的麻烦，只有在其他节目上演的时候会有些干扰，因为他待在上面，并未将自己遮蔽，尽管他在那样的时刻通常显得安静，但还是会时不时地使观众的目光偏离到他身上。然而，剧院领导们原谅了他，因为他是一个非常杰出、无可取代的艺术家。人们当然也看得出来，他并非特意要待在空中秋千上，事实上，唯有如此不间断地练习，他的技艺才能臻至完美。

而且待在上面也有益于健康。每当温暖的季节来临，打开舞台拱顶周围的窗户，阳光与新鲜空气强而有力地闯入暮气沉沉的空间，上面就会美丽起来。他与人类的交往自然有着诸多限制，只是偶尔会有一名体操同事沿着绳梯往上爬到他那里，然后他俩坐在秋千上，一左一右靠着秋千绳，开始闲聊；或者建筑工人在修缮屋顶时，透过一扇敞开的窗与他谈上几句；又或者消防员在检查顶层楼座的紧急照明时，恭敬地向他喊些什么，却又听不出来是些什么。在其他时候，他的四周就是一片静寂。有时，某个小职员在午后误入了空荡荡的剧场，他仰视着那目光难及的高处，空中飞人在那里并不知道有人正在观察他、看他磨炼技艺或者休息。

若不是那些最使他讨厌，又不可避免、四处迁徙

4

的巡回演出，空中飞人就可以安宁地生活了。尽管剧院经理尽其所能地让空中飞人免受任何不必要且绵长的痛苦——在城市中的路程，他们使用赛车，如此一来，便得以在深夜或破晓时分，以最快的速度在杳无人迹的街上疾驰，但是这与空中飞人所渴望的速度相比还是太慢了；在火车上，一整节车厢被包下，好让空中飞人在行李网架上挨过整趟车程，这样看似处境堪怜，却已成为他平日生活方式的某种替代了。在下一个巡回演出地，剧院早在空中飞人抵达前就备妥了秋千，所有通往剧院表演场地的大门敞开着，所有的通道畅通无阻——当空中飞人的脚踏上绳梯，不一会儿便悬吊在他的秋千上时，这对于剧院经理而言，永远是他人生中最美的时刻。

这么多的巡回演出，都让剧院经理如愿以偿，然而每回新的巡演，又给他带来痛苦，姑且不论其他，这些巡演无论如何都会给空中飞人的神经系统带来毁灭性的伤害。

有一天，他们一同再度启程，空中飞人躺在行李网架上，做着梦，剧院经理靠在对面的窗边一角，读着书。这时，空中飞人轻声地同他说话。剧院经理马上做出听讲的姿态。空中飞人咬着唇说，他目前只有一组秋千，现在，为了他的体操特技，他必须要有两组，并且要位置相对。剧院经理立即同意了，空中飞人却随即反悔，仿佛是要表明剧院经理的赞同与他的拒绝一样毫无意义，他说从今以后，不管任何情况，他永远都不会在秋千上进行体操特技。他想到这样的事情有可能发生，身体不禁打了个寒战。剧院经理犹豫再三并仔细观察，他再次表示自己完全同意，两组秋千的确比一组来得好，况且这种崭新的设施有许多好处，它能使整个演出显得花样繁多。此时，空中飞人突然开始哭泣。剧院经理深感惊讶，跳了起来，问究竟发生了什么事。由于没有得到回应，他便爬上椅子，抚摩空中飞人，将他的脸压向自己的脸，如此一来，空中飞人的泪水便漫到了他脸上。在经过无数的询问与奉承的话语之后，空中飞人才哽咽着说："手里只有这一根秋千棒子——这样让我怎么生活！"剧院经理这时才显得轻松些，才知道怎么安慰空中飞人；他承诺，到了下一站，他会马上为第二组秋千给下一个巡回演出地拍电报；他责怪自己，这么长的时间让空中飞人只在一副秋千上工作，非常感谢并且赞许他终于指出了这样的错误。就这样，剧院经理成功地让空中飞人慢慢平静下来，回到自己的角落里。但他自己一点儿也不平静，带着沉重的担忧，他的目光从书本望出去，偷偷注视着空中飞人。这些念头一旦开始折磨他，那么会有终止的一天吗？它们不会越发强烈吗？它们不会威胁生存吗？在哭泣之后的看似平静的睡眠中，剧院经理确实相信，他看见了第一道皱纹开始爬上空中飞人孩子般光滑的额头。

一名小女子 [2]

Eine kleine Frau

那是一名小女子，她天生纤瘦，却用胸衣将身体裹紧。我看她总穿一样的衣服，布料的颜色灰黄如木头，饰以同色系的流苏或纽扣状的坠饰；她从不戴帽子，发色呈暗淡的金黄，平滑不凌乱，但非常蓬松。尽管她的身体被紧束着，但还是能灵活移动，自然她会炫耀这样的灵活。她喜欢将双手放在臀边的腰际，以快得惊人的速度将上半身转向一边。若要我说，我只能复述她的手所带给我的印象，我还没看过像她那样的手，手指细长而疏松；不过她的手绝无解剖学上

2　本文为卡夫卡居于德国柏林期间所写，写于1923年11月至1924年1月底。

的殊异之处，那是一只完全正常的手。

这名小女子如今对我非常不满，她对我总有指责，我总是被她冤枉，处处惹她生气；如果可以将人生分成极小的部分，并对每个小部分作出评价的话，那么我人生当中的每个小部分对她来说，想必都是一桩恼火的事。我时常在想，我究竟为什么会使她如此生气，也许是我身上的一切都与她的审美观、她的正义感、她的习惯、她的传统、她的希望产生了矛盾吧。这样天性相互矛盾的人有很多，但是为什么她会这么痛苦呢？我们之间完全没有什么迫使她因我而痛苦的关系啊。她只需下定决心，将我视作一个完全陌生的人，我也的确是个陌生人，对于这样一个决定，我并不会加以反对，而是会非常欢迎；她只需要下定决心，忘记我的存在，我从来没有强迫她接受我的存在，将来也不会强迫她——这样所有的痛苦显然就会过去。在这样的情况下，我不顾及自身，也不顾及她的态度，当然这样也会使我难堪，我不顾及这些，因为我大抵看出这一切难堪与她的痛苦相较，是微不足道的。同时，我也从中意识到，这不是爱的痛苦。她并没有要认真改善我的意思，尤其是她对我所指摘的一切，在本质上对我的上进并无影响。但她其实也不关心我是否上进，她什么都不关心，除了她的个人兴趣，就是报复我给她带来的痛苦，防止将来由我制造并给她带来威胁的痛苦。我曾经试过一次，告诉她该怎么好好终结这永无休止的气恼，结果却让她更加激动，使我再也不想重复这种尝试。

可以说，我身上也担负着某种责任，因为就算这名小女子于我很陌生，我们之间唯一的关系就在于，我给她带来了不快，或者更确切地说，不快是她咎由自取，一手教我造成的，她的身体显然也因为这样的不快而受苦，这一点却不允许我置之不理。时不时会有消息传到我这里，近来这样的情形日甚，说她又一次在早晨面色苍白、睡眠不足、受到头疼的折磨，几乎丧失了劳动能力。她让她的亲戚担忧，人们反复猜测造成她这种状态的缘由，却至今尚未找到。只有我知道原因，那便是陈旧而永远如新的气恼。不过我当然没有替她的亲戚分忧。她坚强而有韧性。能这样气恼的人，大概也能克服气恼的后果。我甚至怀疑，至少有些时候她只是装出痛苦的样子，好通过这样的方式让世人怀疑我。若要公开向人说我如何以我的存在来折磨她，这会损及她的自傲；若要因我而向别人呼吁，这会使她感到被贬低；只有出于厌恶，出于一种无法停歇、永恒驱使着她的厌恶，她才会出面对付我；若还要把这不干净的情事在公众面前说出来，对于她来说丢脸恐怕丢得太过，但她对这件让自己不断承受压力的事情完全保持沉默，也真是太过了。于是，她以女人机巧的心计，尝试给自己一条中间路线：她默不作声，只有当某种隐痛有了外显的征兆时，才肯将这件事情在法庭上公之于世。也许她甚至希望，一旦公众聚焦于我，将会生出一种普遍且公开针对我而来的恼怒，其统御手段之强大，可以更有力且快速地置我于死地，远超过她个人气恼的薄弱力量，然后她会退场、松一口气，不再理睬我。而今，如果她真希望如此，那她便是错估了形势。公众并不会接受她的角色，就算她将我放在最缜密的放大镜下仔细检查，公众也绝不会如此永无休止地指摘我。我不是如她所想的那样无用的人。我不愿自吹自擂，关于这方面的事，我更是不愿意。就算我没有因某些长处而被赞扬，我也不会显得一无是处吧。只是对她而言，对她几乎是发着白光的眼睛而言，我是这样子的，但没有任何其他人会相信她的说法。所以在这方面我就可以安心了吗？不，才不是。因为要是事情真的传开，说我以我的态度害她病得如此，几个好事之徒，也就是那些勤于散布小道消息的人，他们早就在周围虎视眈眈，准备查明真相，或者他们佯装出已经查明真相的样子，然后世人会来到我面前，问我究竟为什么要用我的无可救药来折磨这可怜的小女子，问我是否故意要这样逼她走上绝路，问什么时候我才会幡然醒悟、生出同情心，不再这样下去——若世人如此问我，要回答他们将是困难的。难道我该坦承自己其实并不相信那些病症？难道我该因为此事给人留下不好的印象，好像是为了让自己脱罪而去指控他人，甚至用这么粗鄙无礼的方式？也许我能够公开说，就算我相信她真的病了，也不会有一丁点儿同情心，因为这名女子对我来说是完全陌生的，存在于我们之间的关系，仅是由她建立的，也单方面存在于她那里。我不会说人们不会相信我的话，不如说，人们既不会相信她，也不会相信我。人们才没有时间深入判断话语的真伪，人们只会记下那句我针对一名病弱女子所给出的答复，这对我将是不利的。当我对每个人作出答复时，往往遭逢顽强的阻碍，人们不可能不怀疑我俩有恋爱关系。尽管这样的一种关系并不存在，如果它存在，那可能是因我而起，我会当真有能力赞赏这名小女子无可辩驳的判断力与不懈的推论——假如我尚未因她这些优点而不断招致惩罚的话。在她那里，无论如何都找不到一点儿与我关系友好的痕迹；在这一点上，她是真诚正直的，我最后的希望也落在这上面。如果情势与她的战略相合，可以说服他人相信与我的这样一种关系，她也绝不会想到要做此等之事，但在这方面完全愚钝麻木的公众将会坚持己见，继续选择反对我。

　　所以，其实我也只剩下一条路，就是在世人尚未插手之前，及时改变我自己，我知道完全消除这名小女子的气恼是不可能的事，但至少也稍微缓和一下吧。确实，我时常自问，是不是我对现在的状态感到满意，以至于一点儿也不想去改变它，是不是在我身上做出某些改变是不可能的事。即便我改变，也不是因为相信改变的必要性，只是为了安抚这女子。我真心诚意地尝试，谨小慎微地努力，这与我的心志相符，我开心不已。一个个改变接连出现，这是可见的成果，我不必提醒这女子去注意它们，她远比我早察觉这一切，她已从我的行为上看出了我的意图，但我还是没能成功。怎么可能成功呢？她对我的不满是如此根深蒂固，就像我现在看清的那样：没有什么能将那不满除掉，就算除掉了我自己，它也不会消除。她若是听闻我自杀的消息，那突如其来的狂怒将会无边无际。因而我无法想象，机敏如她，并没有像我一样意识到：她的努力是枉然的，我是无辜的，我满足不了她的要求，即便费尽心思也做不到。她肯定看清了，但是身为一个天性好斗的人，她在斗争的热情当中忘记了；而我只能用这种不幸的处事方式——我别无选择，因为这是与生俱来的——这使我能够对某个情绪失控的人轻声地说出警语。以这样的方式，我们当然永远无法相互理解。我总会在清晨带着喜悦踏出家门，同时看见那张因我而忧愁悲苦的脸，那带着愠怒而噘起的嘴唇，那审视的、并在审视前便已知道结果的目光，那目光掠过我，我再轻率也无法逃开，还看见那深深钻入少女般的脸颊上的苦涩笑容，那仰望苍天、控诉命运的神情，看见她坚定站立时的双手叉腰，在一片震怒之中发白的脸和颤抖的身子。

近来，我向一个好友隐约暗示了这件事，只是旁敲侧击，用几句话轻描淡写。然后，我惊诧地发现自己竟是第一次这样坦白，我将事情全部的意义暂且压在实情底下，没有说破。它们对我而言，从表面上看是微不足道的。奇特的是，朋友在聆听时竟然没有略过它，甚至还赋予这件事更大的意义，他不愿转换话题，坚持要继续谈下去。更奇特的是，他竟在某个决定性的地方低估了事态，因为他严肃地建议我，何不外出玩几天。没有比这更愚昧无知的建议了：事情固然简单，任何人只要走近一些，都能够看穿它，但事情也没有简单到只要我一走了之，一切或者仅仅这件最重要的事就会回归常态。相反，出走的事我得更加小心谨慎才是，若我到底还有什么应该遵从的计划，那就是无论如何也要让事情保持在现有的、外界尚未介入的狭窄范围内，也就是说，我必须静静地待在原地，尽量不让它影响到自己的言谈举止，包括不向任何人提起它，但这一切之所以如此，并不是因为它是一个怎样危险的秘密，只是因为它是一件纯属于个人的微小之事，而这一类事情，往往是易于承受的，之所以如此，还因为这些事物应维持其原貌。在这方面，朋友的意见并非无用，他们并未教给我什么新东西，但使我内心深处的想法更加坚定。

毕竟经过仔细思量，一切就会鲜明——事物的状态在时间的推移下，似乎已经发生了变化，而这些变化并非事物自身之变，只是我对它的直观看法有了发展。不如这样说吧，这个直观看法一方面变得更加沉稳、阳刚，更接近核心，另一方面也受到连续不断的震荡的影响而变得有些神经质了，尽管震荡尚属轻微，但其影响不可克服。

面对这变化，我会更加镇定，我相信我认识到，有时某个裁决看似很快就会摆在眼前，其实并非如此。人们往往容易高估对事物进行裁决的速度，这样的倾向在青年时代尤为明显。只要我的小女法官一看见我，身体就变得孱弱，侧身倒在沙发上，一手抵着沙发靠背，一手焦躁地拉着她的紧身胸衣，愤怒与绝望的眼泪沿着她的脸颊滚滚滑落，这时我总是想，如今裁决在即，我马上就要被传唤出庭，为自己辩护了。裁决却没有出现，辩护也没有出现，女人容易身体不适，世人没有时间去关注所有案件。在这么多年里，究竟发生了什么事？发生的事情无非就是这种案件不断重复上演，有时较轻，有时较重，因而现在它们的总数更多了。发生的事情也无非是人们在附近闲荡，一旦找到机会，他们就喜欢干预，但他们找不到机会，迄今他们只依赖自己的嗅觉，虽然嗅觉本身就足以令其主人忙得不可开交，除此之外，对其他的事情却没什么作用。然而，基本上情况往往如此——总有这些无用的街头游荡者、游手好闲之人，以过度狡诈的方式，最好是通过亲戚来为他们在周围所做的干预辩解。他们总是留意，总有无尽的嗅觉，但这一切的结果只是——他们总是还站在原地。所有的差别在于，我渐渐认出了他们，我能够区别他们的脸。从前我相信，他们从四面八方聚集而来，事件的规模扩大，裁决便会被迫出来；今天我相信我知道了，一切自古以来皆在，与裁决的到来少有关系，或者毫无关系。而裁决本身，我为何要用这样一个伟大的词来称呼它呢？若有朝一日——肯定不是明天或后天，或许永不会有这一天——事情演变至此，公众开始忙于管他人闲事，如我再三强调的，干预那些不属于他们管辖范围的事情。尽管我在这个过程中不会受到损害，但他们会注意到我之于公众并不陌生，我历来活在睽睽众目之下，我信赖他人，也值得被他人信任，因此这名事后冒出来的受苦的小女子——顺便说一下，若把我换作另一个人，也许早就看出她的纠缠不清，还没面对公众，就已经用他的靴子将她整个踩扁了吧——这名女子在最糟的情况下，顶多也只能在证书上添加一个丑陋的小花饰，在这份证书里，公众早已宣布了我是他们值得尊敬的成员。这便是当前的事态，我不必为此感到不安。

历经这些年岁，我变得有些不安了，我的不安与此事的根本意义毫无关联。人们只是受不了了，总是去惹恼某个人，就算他大抵知道这种恼火毫无缘由；人们变得不安，人们开始窥伺裁决的到来，但多少只是身体上的窥伺，他们理智上不大相信裁决会到来。从某部分来说，这也与某种老化现象有关；青年人穿什么都合适；不美的细节全消失在青年永不止息的力量源泉中；也许有个人在年少时曾有过某种窥伺目光，那目光却不会使他感受到厌恶，它完全不被人发现，连他自己也不曾察觉；然而，衰老时所剩下的便是残余了，每个残余都不可或缺，都无法更新，都在观察的视线里，而一个衰老中的男子的窥伺目光，正是一种清楚无误的窥伺目光，要察觉它并不困难。只是这并不意味着情况真的变糟了。

无论我从哪个方向看，事情总是这样表明，而我也这么相信：若我用手将这桩小小的案情遮住，甚或只是轻轻遮掩，便能不受世人干扰，继续平静地度过我从今往后还很长远的人生，而不必顾念这名女子的一切怒吼。

饥饿艺术家 [3]

Ein Hungerkünstler

这几十年来，人们对饥饿艺术家的兴趣大大减退了。从前，他们自行举办此类大型节目，收入颇丰，今日则完全不可能。那是另一个时代的事了。当时，整座城都忙着看饥饿艺术家，饥饿表演一天接着一天，参加者与日俱增，人人都想每天至少看一回饥饿艺术家的表演。在演出的最后几日，许多买了长期票的人接连数日坐在小小的铁笼前；即便在夜里，参观者也络绎不绝，火炬的光芒提升了观演效果；天气晴好时，笼子会被挪到户外露天处，主要是让孩子们来看饥饿

3　本文写于 1922 年春天，同年 10 月发表于德国《新论坛报》(*Die Neue Rundschau*) 文学月刊。

艺术家；对于成人而言，这往往仅是一项赶时髦的消遣，孩子们却会惊讶得目瞪口呆。为了安全起见，他们牵住彼此的手，看着这位一脸苍白、身着黑色紧身衣的饥饿艺术家。他瘦骨嶙峋，对扶手椅不屑一顾，坐在撒落一地的稻草上。他有时礼貌地点头，勉强微笑着回答问题，他也将手臂伸出栅栏，让人们感受他的瘦削，随后又陷入浑然忘我的境地，不理睬任何人，连对他至关重要的敲钟声也充耳不闻。那钟是笼子里唯一的陈设，而他只以几乎要闭上的眼睛望向前方，有时从一个小杯子中啜饮几口水，好湿润嘴唇。

　　除了川流不息的观众，那里也有固定不变的、由观众遴选出来的看守者。值得注意的是，他们往往是屠夫，总是三人一起执勤，夜以继日地监视饥饿艺术家，好让他不以任何方式偷偷进食，但这只是一种安慰大众的形式，因为内行人大都知道，饥饿艺术家在饥饿表演时，绝不会在任何情况下吃一丁点儿食物，就算被胁迫也一样，他艺术的荣誉感严禁此事的发生。当然，不是每个看守者都能理解。有时，夜班看守监视得非常松散，他们刻意在远处的角落群坐在一起，专注于纸牌游戏，显然是有意赏赐给饥饿艺术家一个小小的恢复精神的补给机会，他们以为他可以从某个秘密的储粮处取来食物。没有什么比这样的看守者更令饥饿艺术家感到折磨了。他们使他阴郁沮丧，使他的饥饿过程异常困难。有时，他顶着虚弱的身体，在他们看守的时候唱歌，好向这些人表明，他们这样怀疑他，有多么不公平，但这无济于事，他们只会惊异于他的高超技巧，竟能在唱歌时吃东西。相比之下，他更喜欢那些紧挨栅栏而坐的看守者，他们并不满足于大厅阴郁的夜间照明，还将剧院经理供他们使用的手电筒照在他身上。那光刺眼，他却不受影响，毕竟他本来就无法入睡，无论怎样的光线、怎样的时刻，就算大厅里人山人海、喧闹嘈杂，他也总能保持半梦半醒的昏沉状态。他很乐意与这样的看守者一同度过整个无眠的夜晚，他也乐意同他们打诨说笑，说些他漂泊人生中的往事给他们听，然后再倾听他们的故事，一切只为了使他们保持清醒，好让他们一直看见，他在笼子里并无任何可食之物，以及他忍饥挨饿的能力是他们远不能及的。最快乐的时刻莫过于早晨，他掏钱让人送来一顿极其丰富的早餐给他们吃，健壮的男人们经过彻夜未眠的辛劳，胃口大开，扑向了食物，但也有人认为这顿早餐是对看守者的收买。这就未免太多心了。若有人问他们，是否愿意为了公利，接受夜班工作而不求早餐之私，他们便会溜掉，尽管他们心中的怀疑并没有消除。

凡此种种，人们对饥饿艺术家的怀疑也难以避免。因为无人能以看守者的身份，不间断地在饥饿艺术家身旁度过每个日夜，所以也没人能够根据目睹的事实，来证明他是否真的不间断、一点儿漏洞都没有地进行了绝食。只有饥饿艺术家自己才知道，也因此只有他自己才是对他的绝食过程感到全然满意的观众。但基于另一个理由，他从未满意过，也许他根本不是因为绝食本身，而是因为对自己的不满才如此瘦削，有些人对他心生怜悯，只得不出席演出，因他们不忍亲睹此景。只有他自己知道绝食是如此容易，但没有内行人晓得这一点。那是世上最容易的事情。对此他也毫不隐瞒，人们却不相信他，至多当他是谦虚，多数人却认为他在自吹自擂，甚至当他是骗子。绝食对他来说当然容易，因为他明白怎样让它变得容易，而他又是那么寡廉鲜耻，遮遮掩掩地只招了一半。他得忍受这一切，这些年来也习惯了，这种不满与失望总在心里啃蚀着他——他还不曾在绝食演出过后自愿离开笼子，这一点人们得为他证明。剧院经理规定绝食演出的最长期限为四十天，他绝不会让绝食超过此期限，这在世界有名的大城市中也不例外，理由很好理解。根据经验，大约在四十天里，人们可以通过逐渐升级的广告宣传，不断煽动全城人的兴趣，再往后观众便会兴致索然，来访次数显著减少，这是可以预见的。在这方面，当然有城乡之间的微小差异，但作为规定就是至多四十天。于是，到了第四十天，那被饰以花环的笼子便会打开，欢欣鼓舞的观众挤满了露天剧场，一支军乐队奏乐，两名医生踏进笼子，为饥饿艺术家进行必要的检查，接着通过扩音器向大厅宣告结果，最后走来两名年轻的女士，她们非常高兴自己有幸被选中，意欲领着从笼中出来的饥饿艺术家走下几级台阶，那里有张小桌，上面有为他精心准备的病号餐。在这个时刻，饥饿艺术家总是抗拒的。女士们向他弯腰，以准备搀扶的姿态伸出了双手。他自愿将他骨瘦如柴的手臂交给她们，却不愿意站起来。为什么恰恰要在四十日后的今天停止呢？他还能坚持更久，无限期地坚持下去啊；为什么恰恰要在此时停止，这可是他绝食以来从未有过的最佳状态啊！为什么人们要夺走他的名声？让他继续绝食下去，他不只会成为有史以来最伟大的饥饿艺术家——他也许已经是了——还能超越自己，达到微妙玄通之境，因为他感到自己绝食的能力没有边际。为什么这群人佯装对他如此高度赞赏，却对他如此缺乏耐心呢？倘若他能继续绝食下去，为什么他们就不能耐住性子看下去呢？而他也累了，本来好好地坐在稻草上，如今却要将身体竖得又高又直去吃饭，光是这样想就让人感到恶心，为了顾及在场的女士们，他才费力地压抑自己，没有表现出来。他抬眼向上，望着那看似非常友善、实则非常残忍的女士们的眼睛，同时抖动着在无力的脖子之上那过于沉重的脑袋。

但是后来，一如往常，剧院经理来了，他沉默地——音乐使谈话变得不可能——将手臂举到饥饿艺术家头顶，他这么做好似在邀请上苍来看看他在这草堆上的杰作，这位值得怜悯的殉道者——无论如何，饥饿艺术家已经是位殉道者了，只是完全从另一种意义上来说。他以过度夸饰的谨慎，搂住饥饿艺术家细瘦的腰，意欲使众人觉得他抱住的是一件极其脆弱的东西，然后，在将他移交给女士们时，暗地里摇了他一下，致使饥饿艺术家的双腿与上半身不由自主地来回摆荡，此时，女士们被吓得脸色惨白。饥饿艺术家容忍着，听任一切摆布：他的头垂在胸前，仿佛是它向前滚去，而又令人费解地在那里停了下来；他的肉身已然空虚；双膝基于生存本能紧挨在一起，脚底却又擦过地面，发出沙沙声，仿佛那并非真正的地面，它们还要去找那真正的立足之地；他身体的全部重量落在其中一名女士身上，尽管那是很小的负载，她却气喘吁吁、四处求援——她对于这件光荣的差事始料未及——她先是尽可能地伸长脖子，至少让自己的脸不碰到饥饿艺术家，但没有成功，她那较为幸运的女伴并没有来帮她，只是颤抖地托着饥饿艺术家的一只手——那么一小把骨头。在大庭广众忘我的哄堂大笑之中，那名女士放声哭了出来，只得被一位早早在旁待命的仆役接替了。然后食物来了，剧院经理在饥饿艺术家昏厥似的半睡中给他喂了几口，并且说着逗趣的话，好分散观众对饥饿艺术家状态的注意，随后，据说是饥饿艺术家对剧院经理耳语了什么，经理就提议为观众举杯，交响乐队卖力地演奏助兴。最后，观众各自离去，无人有权对眼前发生的事感到不满，无人有权，只有饥饿艺术家不满意，永远只有他。

于是，他就这么规律地演出一次，便短暂地歇息一下，就这样过了许多年，表面上光彩，受世人尊崇，尽管如此，他心情却多阴郁，并且越发阴郁，因为无人认真理解那阴郁。人们该拿什么来安慰他呢？他还希冀着什么呢？若是有个善良人对他心生怜悯，想告诉他，他的阴郁也许是绝食造成的，那么，特别是在绝食徐徐进行一段时间之后，可能发生如下事情：饥饿艺术家怒不可遏地回应，像一只动物般激烈地摇晃栅栏，这景象真是令人害怕。不过，面对如此情况，剧院经理自有一套他喜欢使用的惩罚手段。他在观众面前为饥饿艺术家致歉，坦承他激烈的举止只因绝食而起，饱食之人必定难以理解，因此这样的行为应该被原谅。随后也说到另一个同样需要解释的话题，饥饿艺术家声言自己可以绝食得更久，比他的演出还久，他赞扬那勃勃雄心、善良的意愿以及伟大的克己精神，这些无疑包含在他的声言之中，但他又接着通过出示照片——它们也供出售——来驳斥他的说法，因为在照片上，人们可以看见，在第四十天时，饥饿艺术家躺在床上，因体力尽失而如风中残烛，一吹便熄灭。饥饿艺术家对这种扭曲事实的做法非常熟悉，但每每看他老调新弹，仍觉得气恼不已，难以忍受。那分明是绝食提前结束的结果，人们却在这里将它倒果为因！要对抗这愚昧，对抗这无知的世界是不可能的。他总是怀着虔敬，倚着栅栏聆听剧院经理说话，每次看见照片出现，他都会松开栅栏，带着叹息坐回到草堆里。被安抚的观众们就又可以走过来看他了。

　　数年后，每当这些见证人回想起这一幕时，他们常感到百思不解。因为这期间发生了那桩被提及的骤变。那骤变突如其来，应该有更深层次的原因，但要靠谁把它找出来呢？总之，受到百般娇宠的饥饿艺术家，有一天发现自己被娱乐成瘾的大众遗弃了，他们更加喜爱涌向其他的表演场。剧院经理带着饥饿艺术家再度驰骋，穿越半个欧洲，想看看这项古老的嗜好是否还能在哪些地方重被寻获，但一切都是徒劳，仿佛签下密约一般，所到之处恰恰都发展出一种厌恶观看饥饿表演的倾向。当然在真实生活中，此等情形并非出现在一朝一夕，事到如今人们才耿耿于怀，回想过去的时代，他们醉心于成功，对一些情况竟未加注意、未加制止以防患于未然，现在才采取措施，却为时已晚。尽管有朝一日，属于饥饿艺术家的时代一定会再次到来，对彼时的生者却不再是抚慰。那么，现在饥饿艺术家该做些什么呢？那受到千万人欢呼簇拥的他，没法在小小集市的卖艺戏棚中露面，若要选择另一职业，饥饿艺术家不仅年纪太大，而且他对于饥饿表演这一行有着偏执狂热、全身心的奉献。于是他到底告别了剧院经理，这位人生道路上无与伦比的伙伴，然后受聘于一家大型马戏团，为保护自己不受刺激，他也不屑看一眼契约条文。

一家大型马戏团有不可胜数的人、牲畜和器械，它们需要淘汰和补充。任何时候需要什么，都派得上用场，若要一名饥饿艺术家也不是问题，不过对他的要求得合理。此外，在这特殊的状况里，饥饿艺术家受到聘用不只是因为他本身，还有他古老的名声。他的技艺并不会随着年龄增长而退步，对于这样的特性，人们也不能说，那是一个再也无法站在潜能巅峰的退休老艺术家，想躲到马戏团里清闲的工作岗位上。相反，饥饿艺术家保证，他的绝食表演如昔日一般好，这是绝对可信的，他甚至断言，如果人们让他随心所欲——人们当即同意——那么他现在就会超越自我，真正地做到震惊世界。这毕竟是一桩断言，得顾虑到时代氛围，而饥饿艺术家在一片热望之中忘记了这一点，专业人士对此也只是一笑置之。

但是，饥饿艺术家到底没有失去洞察现实处境的眼光，因而承认如下之事为理所当然——人们并未将他与他的笼子当作精彩节目放在马戏场中央，而是安置在外面靠近牲口棚的一处空地上，顺道一提，那里的交通可真通达。许多巨幅的彩色字牌围绕着笼子，宣告着那里有什么可看。当观众在演出的中场休息涌向牲口棚观看动物时，几乎不可避免地会从饥饿艺术家面前经过，然后在那里稍稍留步。若不是在这狭窄的通道里，后面涌上的人们不明白前面的人为什么不赶快去牲口棚看动物，而要在途中停留，否则，他们也许会在他那里多待一会儿，汹涌的人潮使得更长久的安静注视变得不可能。这也是使饥饿艺术家在观众造访时间到来之前，身体便开始颤抖的原因，迎来这样的短暂时刻成为他生存的目的，对此他自是梦寐以求了。刚开始时，他对于演出的中场休息几近迫不及待，他迎面看见蜂拥而至的人群便欣喜若狂，但很快便意识到大多数观众主要是来参观牲口棚的，即便是那些顽固不化、近乎自欺欺人的人也否认不了这样的事实。然而，远远地看到观众涌来，仍是最美妙的一件事。因为当他们簇拥到他跟前时，他便立即被不断形成的尖叫声和咆哮声包围。有的观众意欲惬意地观看一番饥饿艺术家，不是因为他们能理解，而是为了一时的心血来潮以及跟催促他们的观众作对，饥饿艺术家很快就为他们感到难堪，另一半的群众只不过是赶去观看牲口棚而已。大批人群经过后，几个人姗姗来迟，他们不再受阻拦而停下，只要他们有兴致，便可迈开大步赶路、毫无睨视地走过，只为及时去到牲口棚那里。偶有幸运，一位父亲带着孩子们走来，指着饥饿艺术家详尽地解说这是怎么一回事，和他们讲起从前的年代，那时他也看过类似的、无与伦比的辉煌演出，而孩子们由于学历与生活历练皆不足，对此依然不明白。他们哪里懂得什么是饥饿呢？不过，从他们探究事物、发着光的眼睛里流露出了一些东西，那属于崭新、仁慈的未来时代。因而饥饿艺术家时常告诉自己，假如他所处的位置离牲口棚没这么近，也许一切会好些，这些人做起选择来也会更容易些。更不消说的是，那牲口棚蒸腾的臭气、动物在夜间的不宁之鸣、给食肉动物运送生肉块的人经过的声响以及动物被喂食时发出的吼叫，这一切都使他受伤，也总使他非常抑郁。然而，他又不敢向马戏团当局提出申诉，毕竟他仍感谢这些动物与造访的人，人群中不时总有那么一位是为他而来，若他想向人提醒自己的存在，便会这么说——精确地讲——他只是通往牲口棚之路上的一个障碍。谁知道，届时人们会将他藏到哪里去。

当然，那只是一个小小的障碍，一个只会越来越小的障碍。在当今之世，还有谁想为一名饥饿艺术家耗费心神，对于这样的怪事人们已经习以为常，这样的习惯给他带来了宣判。他想尽其所能地绝食，并且也这么做了，但再也没有什么可以解救他，人们只是行经他。试着向谁解释一下饥饿的艺术！没感受过饥饿的人，是理解不了饥饿的艺术的。美丽的宣传字牌已变得脏污，字迹模糊，人们将它撕下，无人想到要换上新的；记录数字的小牌子上面写着绝食天数，起初每天都会仔细更新，如今数字已经很久没有更新了，因为数周过后，连工作人员也厌烦了这份小差事。然而，饥饿艺术家如他曾经梦想的那样，依然继续绝食，如他当时所预言的那样，不费吹灰之力便能成功，但是无人计算天数，无人计算，包括饥饿艺术家自己也不知道他的成绩已经到了怎样的境地，他的心愈加沉重了。如果什么时候来了个游手好闲的人停下，开始玩弄老旧的数字牌，说这是骗子的行当，那么这样的话语才是最愚昧的谎言，由冷漠与天生的恶意所臆造，因为饥饿艺术家没有欺骗，他真诚地工作，世人却骗取了他的酬劳。

又过了许多天，一切已近尾声。有一次，那笼子引起了一个看守者的注意，他问仆役，这里有个铺着腐烂稻草的笼子，好端端的还可以用，为何要闲置在这里呢，无人知晓，直到有个人看见数字牌，才猛然想起饥饿艺术家。人们用棍棒翻搅着稻草，发现饥饿艺术家还在里面。

"你还在绝食？"看守者问，"你究竟要什么时候才会停止？"

"诸位，请原谅。"饥饿艺术家低语。那位看守者的耳朵贴近栅栏，因此只有他听明白了饥饿艺术家的话。

"当然了，"看守者说着，将手指放在他的额头，借此向那位工作人员暗示饥饿艺术家的状态，"我们原谅你。"

"我一直想，有一天你们能赞赏我的饥饿演出。"

饥饿艺术家说。

"我们确实很赞赏呀。"看守者殷勤地说道。

"但是你们不该赞赏。"饥饿艺术家说。

"好，那么我们就不赞赏。"看守者说，"到底为什么我们不应该赞赏？"

"因为我必须绝食，我没有其他办法。"饥饿艺术家说。

"瞧，多奇怪啊！"看守者说，"到底为什么你没有其他办法？"

"因为我，"饥饿艺术家说着，微微抬起小脑袋，噘起嘴唇，如亲吻般凑近他的耳朵，好让他一字不落地听清楚，"因为我找不到合我胃口的食物。要是我能找到它，相信我，我才不会抛头露面、惹人注目，我会饱食终日，像你与众人一样。"

这是饥饿艺术家临终的话语，在他瞳孔已然扩散的眼睛里，流露着即便不再是自豪，却依旧坚定的信念：他要继续绝食下去。

"现在来清理整顿，恢复秩序！"看守者说。

人们将饥饿艺术家连同稻草一起埋葬。一只小豹子被关进笼子里。感觉再迟钝的人看到这只野兽在那荒寂已久的笼子里跳来跳去，也会觉得舒心安慰。小豹子什么也不缺。看守者们无须再三考虑，便会给它送来合胃口的食粮。它似乎从来不曾对自由感到惦念，这高贵的身躯，必要之物应有尽有，不仅有利爪，似乎自由也被随身携带着，藏在全副利齿中的某个地方。生命的欢愉伴随强烈的吼声，自它的喉咙喷薄而出，以至于观众很难经受得住，但他们努力克制自己，团团围住那笼子，丝毫不肯离去。

女歌手约瑟芬或耗子民族 [4]

Josefine, die Sängerin oder Das Volk der Mäuse

我们的女歌手名叫约瑟芬。谁没有听过她，便不识得歌唱的魔力。没人不对她的歌唱心驰神往，由于我辈对所有的音乐并不喜爱，因而此事更显可贵。静默的平和便是我们最喜爱的音乐；我们的生命困顿，即便有朝一日我们试着摆脱所有日常的忧愁，也无法将自己提升，拥有像音乐这种距离我们寻常生活如此遥远的事物。不过我们并不非常惋惜，我们的境界尚未至此。我们认为自己最大的长处就是某种务实的

---

4 本文写于1924年3月，为卡夫卡生前完成的最后一篇作品。

精明，这也是我们所需要的，我们总是精明地微微一笑，就能抛弃种种烦恼，就算我们有一天渴望拥有幸福——这却没有发生——这幸福也许源于音乐。只有约瑟芬是个例外，她喜爱音乐，也懂得传达音乐；她独一无二；如果她辞世，音乐将会自我们的生命中消失，谁知道会消失多久。

我时常思索，这种音乐究竟是什么。我们毫无音乐天赋，我们怎么会理解约瑟芬的歌唱，或者我们怎么会自以为理解了约瑟芬的歌唱——因为约瑟芬否认了我们的理解。最简单的回答会是，她的歌声是那么美，乃至感觉最迟钝的人也无法抵挡，但这个回答并不令人满意。若真如此，人们便在听到这歌唱时就会有非凡的感受，并且始终这么觉得，好像从她咽喉里发出的是我们前所未闻、也没有能力听到的声音，只有这位约瑟芬让我们听到了，此外无人能做到。然而，我的想法并非如此，我没有这种感受，在其他人身上也察觉不到同样的感受。在亲近的朋友圈里，我们相互坦承，约瑟芬的歌声，作为歌唱并无任何超凡之处。

那究竟算是歌唱吗？尽管没有音乐天赋，我们还是拥有音乐传统。我们的民族自古以来便有歌唱，传说讲述着它们，甚至歌曲也保存至今，当然再也没有人会唱它们了。因此，歌唱是什么，我们还能猜想，然而约瑟芬的艺术其实并不符合我们的猜想。那究竟算是歌唱吗？莫非只是在吹口哨？若是吹口哨，我们自然都识得，那是我们民族固有的技艺，或者，不如说那完全不是技艺，而是一种独特的生活表达。我们都吹口哨，但谁也没有想到要将它当作艺术，我们吹口哨，对此不加注意、没有察觉，我们当中甚至有许多人不知道，吹口哨是我们固有的特点之一。那么，若此事为真，约瑟芬并未歌唱，而是在吹口哨，也许至少像我感觉的那样，并未超越寻常口哨的范围——是的，也许她的力气怎么也不够吹出这寻常的口哨，而眼前这位寻常的挖地工人却能毫不费力地在工作之余，吹着口哨度过一整天——假如这些是真的，那么虽然约瑟芬所谓的艺术家身份将会被揭穿，但这样一来也就更需要解开她为何有巨大影响的谜题。

然而她所发出的，的确不只是口哨声。倘若人们站在离她很远的位置聆听，或者更好的办法是，让人们以此方式测试，使约瑟芬在其他的声音中歌唱，并设定目标，将她的声音辨识出来，然后人们必然听不出别的，只听见那寻常的，至多因其娇柔或纤弱而显得鲜明的口哨声。然而，若是站在她面前，那又不仅仅是口哨声了。要理解她的艺术，不只要听她唱，还要看她唱。即便那只是我们每日所吹的口哨，在此却首先存在一种奇特之处，像是有人故意郑重其事地做着最普通的事情。敲开一颗胡桃确实不算是艺术，因此也无人敢召集一群观众，为娱乐他们而在他们面前敲胡桃。若有人这么做了，并且得偿所愿，那么事情关系到的便不仅仅是敲胡桃了。或者事关敲胡桃本身，但它却凸显了一个事实：我们忽视了这门艺术，因为我们得心应手地掌握了它。而这位新来的敲胡桃的人，才向我们展现了它真正的本质，此时，若他敲胡桃的技巧不如我们多数人熟练，那么效果可能更佳。

也许敲胡桃这种情况与约瑟芬的歌唱类似，我们惊羡她身上的禀赋，这种禀赋在我们身上却平凡无奇，顺道一提，在后一点上，她与我们的看法完全一致。有一回，我也在场，有人提醒她注意那全民族普及的口哨，这自是经常发生的，虽然那人态度谦逊，对于约瑟芬而言却有些过分。她当时露出的那抹傲慢狂妄的微笑，我还不曾见过。她的外表其实极为娇柔，即便我族不乏这样的女性身姿，她仍显得格外娇柔，那时的表现简直卑鄙，顺道说一句，敏感纤细如她，也马上发现了自己的失态，于是稍加自制。无论如何，她否认了存在于她的艺术与吹口哨之间的每个关联。对于持相反意见的人们，她只有蔑视，或许还有下意识的愤恨。这并非寻常的虚荣心，因为这些反对派，对她的钦羡并不亚于群众，而我也半属于这一派，但是约瑟芬要的不只有钦羡，而是要准确地以她所决定的方式来钦羡，钦羡本身于她一无是处；若是坐在她面前，便会理解她；人们只在远处反对她；若是坐在她面前，便会知道：她在这里所吹的口哨，并不是口哨。

由于吹口哨是我们下意识的习惯之一，人们可能以为，约瑟芬的听众当中也有人会吹口哨。在她的艺术当中，我们会感到快活，当我们快活时，我们就会吹口哨，然而她的听众并不吹口哨，他们像小小的耗子那般静默，仿佛我们共享了那渴盼已久的和平，至少我们自己所吹的口哨声阻碍了我们得到这种和平，于是我们沉默。使我们陶醉的是她的歌唱吗？或者难道是围绕在她微弱细小嗓音周围庄严肃穆的静默？曾经发生过一件事，在约瑟芬歌唱时，有个傻乎乎的小家伙也天真地吹起口哨。当时，那口哨声听来简直同我们从约瑟芬那里听到的一样，在前方，是那种有着技巧纯熟却始终腼腆羞怯的口哨声，而在此处的观众当中，则是那个忘我出神的女孩的口哨声。要描绘个中差异，大抵是不可能的事，不过，我们立即以一片嘘声淹没这位捣乱的女孩，尽管这么做毫无必要，因为当约瑟芬扬起她胜利的哨音，浑然忘我地摊开手臂，把脖子伸到长得不能再长的时候，那女孩肯定会羞愧得无地自容。

此外，她总是这样，每件小事，每个偶发事件，每个不服的反抗，每个正厅前排座位敲响的噼啪声、咬牙切齿声乃至灯光失灵，她都认为有助于提高她歌唱的效果。依她的看法，她是在充耳不闻的人面前歌唱，虽然不乏欣欣鼓舞的掌声，但如她所认为的那种真正的知音她早已不指望了。因而这一切干扰于她而言来得正是时候，一切自外部而来的欲与她歌唱之纯粹对抗的事物，仅需要稍加战斗，甚至无须战斗，只要通过对比便可战胜，这一切战斗有助于唤醒群众，虽未能教他们理解，却能使他们学会肃然起敬。

小事尚且令她如此得益，大事更是自不待言。我们的生活非常不安，每日皆带来意外、惶恐、希望与恐惧，以至于一个人若无友伴可朝夕依靠，他将不可能忍受这一切；就算有所依靠，往往也相当艰难；有时，成千人的肩膀在重负之下开始摇颤，其实那重负仅属于一人。这时，约瑟芬便觉时机来临。她已然站在那里，这娇柔之人，特别是她的胸脯下方令人惶恐地振动着，仿佛她在歌唱中凝聚了所有力量，仿佛她身上不为歌唱效劳的一切，每分力量、每丝生机，几乎全被取走，仿佛她被夺去所有，牺牲奉献，唯有将自己交托给善良神灵护佑；当她摆脱一切，全身心在歌唱之中安住，一丝冷风吹过便置她于死地。然而就在目睹此情此景之时，我们这些所谓的反对者习惯对自己说："她根本就不会吹口哨。她定是付出了极大努力，不是为了歌唱——我们别谈歌唱了——而是为了勉强吹出几声举国风行的口哨。"如上所述，诚然这是一个不可避免却又转瞬即逝的印象，而我们的确是这么想的。说时迟那时快，我们也已沉浸在群众的感觉之中，他们温暖的身子紧挨着，战战兢兢，屏息聆听。

我族总是处在移动之中，总因不甚明确的目的而四处冲撞。为将我族之众聚集起来，约瑟芬多半别无他法，只能将脑勺后仰、嘴巴半开、眼睛朝向高处，她做出的每个姿势都在表明，她有意歌唱。无论她身处何方，她都可以这么做，而无须一个在远处就可看见的位置，任何一个因一时兴起而选出的隐蔽角落，皆可派上用场。她要歌唱的消息立即传开，人们列队前来。虽然在这样的时刻，有时也会遇到阻碍，约瑟芬却恰好偏爱在激动时歌唱，形形色色的忧虑与危难迫使我们踏上各种各样的路途，人们心里再怎么想，也无法如约瑟芬所愿，如此快速地聚集起来，而这次，她站在那里摆足了姿态，也许过一段时间，听者的数目依然不足，然后她自是雷霆大作，气急败坏地跺脚、咒骂，甚至咬牙切齿，毫无少女之风范。然而，就连这样的行为也无损她的名声，人们并未遏制她过度的要求，却竭力地迎合：信使被派遣出去，把听者招来，她会被蒙在鼓里，不知此事，然后人们会看见周围的道路上都设立了岗哨，向前来的人们招手致意，使他们加快脚步。一切在不断地进行着，直到凑足了相当的人数为止。

是什么驱使我们民族为约瑟芬如此尽心尽力？若拿这个问题，与探问约瑟芬的歌唱算不算歌唱相较，回答起来并不会更加容易。倘若人们据此断言，我们民族是因约瑟芬的歌唱而无条件顺从，那么便可将此问题划去，与第二个问题合二为一。然而情况恰恰并非如此，我族几乎不知什么是无条件顺从，我们民族面对一切事物，总爱使用无害之机巧，他们交头接耳，如孩童般天真无咎，仅是弄唇闲话着，一个像我们这样的民族，再怎么也不会无条件顺从，约瑟芬大抵也感觉得到这一点，因而毕其功于她微弱的嗓音，借此作为反对的方式。

只是人们并不能在这样的泛泛评断中走得太远，我们民族对约瑟芬的确是顺从的，只是并不是无条件的。譬如，他们没有能力嘲笑约瑟芬。人们可以对自己承认：在约瑟芬身上，有某些惹人发笑的东西；在我们身上，笑本来就与我们有缘；尽管我们的人生有种种不尽如人意的地方，微微一笑还是比较常见的，但我们不会嘲笑约瑟芬。有时，我有这样的印象，我们民族是这样理解与约瑟芬的关系的：她脆弱、需要爱护，在某些方面——她认为是自己的歌唱天赋——是杰出的，她被托付给我们民族，因而我们必要悉心照料她，个中原因无人知晓，只有事实看来是肯定的。面对一个被托付给自己的人，人们不会嘲笑他；若是嘲笑他，便有失义务；若是我们当中最恶毒的人时而这么说："我们一见约瑟芬，便哑然失笑。"这就是对约瑟芬最大的恶意了。

我们民族照料约瑟芬，像一个父亲照顾孩子般，孩子的小手伸向他，谁也无法确定这是请求还是要求。人们会觉得，我族并不适宜履行如此这般的父亲的义务，实际上却履行着它，至少在这件事情上堪称楷模，在这方面，民族作为整体是有能力做到的，任何个人是办不到的。当然，民族与个人之间的力量差异如此巨大，只要把受保护的人拉到身边，给予温暖，这就够了，而他所受的保护也足够。然而，大家不敢对约瑟芬说起这些事。"我才不稀罕[5]你们的保护呢。"她会

5　此处的"不稀罕"（auf...pfeifen）来自"吹口哨"的动词"pfeifen"，有"不在乎"之意。

这么说。"对，对，你不稀罕。"我们这样想。此外，若她反叛起来，其实也算不上反抗，不如说是孩子气的做法与感恩，而父亲的态度便是不把它放在心上。

然而，随之而来的另一件事，更难以用我们民族与约瑟芬的关系来解释——约瑟芬持相反看法，她认为是她在保护我们民族。据称，是她的歌唱将我们从恶劣的政治或经济处境中解救出来，这是她的功绩，即便她的歌唱无法驱除不幸，那也至少赋予了我们承受不幸的力量。她并未这样直说，也没有以其他方式说出来，她毕竟相当少言，在喋喋不休的人群当中，她沉默寡言，但是她的眼睛里闪烁着这些话语，从她紧闭的双唇中也能读出来——我们当中少有人能闭嘴保持缄默，但她可以。每当有坏消息传来时，她会立刻起身——在某些日子里，它们接踵而来，当中有半真半假以及虚假的消息——此前她往往疲累地躺在地上，闻讯起身、伸长脖子，像暴风雨来临之前的牧羊人那般巡视人群。当然，孩子们也会用他们野性冲动的方式提出类似要求，但约瑟芬提出的要求不像孩子们的那般无理可循。毕竟，她既未拯救我们，也没有给予我们力量，但以我们民族救星自居是轻而易举的事，我族已过惯苦日子、不爱惜自己、易下决断、知死为何物，只是长期生活在爱逞威风的氛围里，表面显得怯懦罢了。此外，我族天性骁勇，繁衍不绝——我说的是，事后要以我们民族的救星自居是轻而易举的事，因为我族还总在设法自救，也有人为此牺牲。对此，历史研究者被吓得瞠目结舌，而我们往往完全忽略了历史研究。然而，恰恰在危急之时，我们能比平常更好地聆听约瑟芬的声音，这的确是真的。大难临头的威胁使我们更加静默、更加谦逊，对约瑟芬的指挥更加唯命是从。我们乐意相聚，乐意挤在一起，特别是当有某种机缘促使时，当然那机缘与折磨人心的大事没有关联；仿佛我们还要在战斗之前，赶紧共饮一杯和平酒——是的，务必赶紧，只是约瑟芬时常忘记。与其说它是一场歌唱表演，不如说是一次我族的群众集会，甚至可以说，那集会除了前台微小的口哨声之外，全场鸦雀无声，这时刻太过庄严，以至于人们不愿以闲谈虚度。

这样一种关系当然不能使约瑟芬满意。她的地位从未被确认，这令她神经紧张，感到不快，尽管如此，她仍被自信所蒙蔽，看不见某些事情，而且不费太多功夫就能让她忽视更多的事，一群逢迎谄媚之人不断地活动，其实做着于众人有利的事——不过，只是不受注意地在群众集会的角落里顺便唱唱歌，她是肯定不会为此献声的，即便这件事的意义其实一点儿都不小。

但她也无须如此，因为她的艺术并非不受重视。尽管我们的内心深处着眼于完全不同的事，随之而来、席卷全场的静默不只是为了取悦女歌手，有些人连头也没抬，而是将脸埋进邻座的毛皮大衣，于是约瑟芬在上面显得白费力气，然而她的口哨声肯定或多或少钻进了我们的耳朵，这是无可否认的。当这口哨声响起时，所有人都会沉默，那声音几乎像重大的民族宣告一般，传给了每个人。我们在危急存亡之际、难以做出抉择之时，约瑟芬细微的口哨声几乎像是我族在这敌对之世的骚乱中，那可怜贫苦的存在。约瑟芬坚持着，这微不足道的声音、这微不足道的成就坚持着，并且开辟了一条通往我们的路，我们想到此事便觉欣慰。若我们当中有一位真正的歌唱艺术家，在这样的时刻，我们必定无法忍受，并且会对此等荒唐的演出一致拒绝。也许约瑟芬没有认识到这样的事实：我们听她歌唱，是反对她歌唱的明证。她或许也有这种预感，否则何须竭力否认我们是在听她歌唱呢？但她一再地唱，对这种预感不加理会。

然而，她也总还能得到些许安慰：在某种程度上，我们的确是在聆听，或许就像聆听歌唱艺术家的演出那般。她达到了歌唱艺术家在我们身上怎么努力也达不到的效果，这些效果恰恰来自她贫乏的手段。这大抵主要与我们的生活方式有关。

在我族之中，无人知晓什么是青少年时光，童年时光也微乎其微。虽然此等要求屡被提出：应当让孩子们拥有特殊的自由，应当特别爱护，他们当有权拥有一点点的无忧无虑，有权稍稍胡闹、四处玩耍，人们应当承认这些权利，并且帮助他们实现这些要求，这些要求被提出时，几乎人人赞同，没有什么比这些更该赞同的了，然而在我们的现实生活里，也没有其他的东西比这些更少地得到承认，人们赞同要求，试着照那样的意思做，但是很快，一切又恢复了老样子。我们的生活便是如此，一个孩子，只要他学会跑几步，稍稍学会分辨这世界，就得像个成人一般，学会照顾自己。我们因为经济上的考量而必须分散在各地生活，那地域太广，我们的敌人太多，他们四处为我们设下的危险不计其数——我们无法让孩子们避开生存的战斗，若我们这么做了，他们便会早夭。除了这些悲伤的原因，还有一个令人振奋的原因，那便是我们家族世代的繁衍能力。代代绵延，每一代都为数众多，孩子们没有时间当孩子。兴许在其他民族那里，孩子们会被悉心照料，兴许那里有为孩子们兴建的学校，兴许在那里，每天都有孩子们自那些学校蜂拥而出，他们是民族的未来，然而，在好长一段时间里，日复一日从学校出来的，总是同一群孩子。我们没有学校，但是在极短的时空之隙，成群结队、势难计数的孩子从我族蜂拥而出，他们还没学会吹口哨，便高兴地尖叫或发出嗖嗖声；他们还没学会跑，便会打着滚挤来挤去；他们还没明白事理，便知道合力笨拙地将一切往前拖，我们的孩子啊！不像在那些学校里，总是同一群孩子，不，我们总是有新的孩子出现，没有终点，没有中断，一个孩子才刚出现，他便不再是个孩子，在他后面挤满了新的孩童的脸庞，在他们的群队之中无可分辨，急急匆匆，脸颊因幸福而透着红润。当然，尽管这是件好事，别的人兴许会因此认为有权对我们心生嫉妒，我们却无法给孩子们一个真正的童年。这件事自有其后果。有种永不消逝、无法灭绝的童真，浸透着我们的民族。我们最大的长处是拥有务实可靠的头脑，然而与此相矛盾的是，我们办起事来有时极其愚蠢，甚至像孩子们办事那般愚蠢，未经思虑、浪费挥霍、慷慨大方、轻率浮躁，而这一切往往只是为了一时的快意。当然，我们从中获得的欢乐不如孩子们获得的那么多，但这欢乐中肯定还是有那么一些童真。历来从我族之童真当中获益的，也包括约瑟芬。

　　然而我族不仅有童真，在某种程度上它还早衰，在我们这里，童年与老年的进程与别的地方不同。我们没有青少年时代，一转眼就成年了，而我们当成年人的时间太长，于是某种疲惫与无望自此开始浸淫，在如此坚忍不拔、满怀信念的我族当中留下了大量的痕迹。我们缺乏音乐天赋，大抵也与此有关。我们过于年迈而不适合音乐，那振奋、那激昂与我们的沉重不相称，我们疲惫地挥手拒绝它。我们退回去吹口哨，时不时吹些口哨，这就是我们需要的。谁知道我们有没有音乐天赋，若真的有，民族同胞的性格也会在这天赋显露之前就将它压制了。相反，约瑟芬喜欢随心所欲地吹口哨或者歌唱，或者随她怎么称呼，这并不妨碍我们，这与我们所想的相符，我们大抵忍受得了；若是其中包含了一点儿音乐，那也是微乎其微的，某种音乐传统被保存了下来，却没有给我们带来丝毫负担。

但是，约瑟芬给这个脾性如此的民族带来的东西还有更多。在她的音乐会上，特别是在危难之时，只有年轻小伙子会对这位女歌手感兴趣，只有他们惊诧地看她如何噘起嘴唇，从小巧门牙的缝隙之间呼出气息，陶醉在她自己所发出的声音里，而后逝去，而后倒下，借机另起炉灶，获得一个越来越令人费解的新成就。真正的群众却退回到他们自己的世界中去，自顾自地沉思起来，这是显而易见的。这个民族在争战之间的贫乏间隙中做梦，仿佛每个人的肢体都松弛了，仿佛不安的人们终于被允许在民族温暖的大床上尽情地伸展四肢。在这些梦里，约瑟芬的口哨声不时响起，她称为珍珠落盘，我们则称为怪声异响，但无论如何，这些声音在这里恰如其分，不像其他声音，比如音乐，永远寻不着这样的机缘。她的声音里大抵有我们贫乏而短暂的童年，大抵有一去不复返的幸福，但也大抵有着庸庸碌碌的每日生活，与生活中微小而无法捉摸、实际存在而无法消灭的活力。这一切确实并不是以洪亮的声调道出的，而是以轻微细小如耳语，亲昵而神秘，时而有些沙哑的声音道出的。当然这是吹口哨。怎么能不是呢？吹口哨是我们民族的语言，只是有些人吹了一辈子口哨却不知道这一点，在这里，吹口哨使我们摆脱每日生活的枷锁，也带给我们片刻的解脱。自然我们也不愿错过这样的演出。

但是，从这个论点到约瑟芬所坚称的——她在这样的时刻给我们新力量，诸如此类，甚或如此——这当中的路途甚远。这是对寻常百姓而言的，而非对于约瑟芬的谄媚者来讲的。"怎么可能会是别的情况？"——他们厚颜无耻地说——"那么，在大难临头时，对于这样的门庭若市，我们能作其他解释吗？

这样的情形有时甚至阻碍了我们采取充分且及时的措施来抵挡危难。"很遗憾，最后一点的描述完全正确，但这不属于约瑟芬光荣的功绩，特别是若我们补述这样的集会被敌人突然击溃，我们当中的某些人不得不因此而丧命，那么这一切都应归咎于约瑟芬，是的，也许是她的口哨声引来了敌人，而她总是占据着最安全的那一小块地方，在追随者的保护下，她极为静默，以最快的速度率先消失。然而，就算大家心里都知道这些，当约瑟芬下回又随她喜欢，在某时某地起身歌唱时，他们依然会毫无顾及地赶去。由此可得出结论：约瑟芬几乎不受法律约束，因此她为所欲为，即便她的所作所为会危害全民，所有人也会原谅她。倘若如此，那么约瑟芬的要求也将合情合理，是的，这个民族给予了她自由，在这份别人无法获得、其实与法律相悖的非凡礼物当中，人们应当能或多或少看出如下的自白：约瑟芬坚称这个民族不理解她，他们无力且惊奇地注视她的艺术，他们感觉自己配不上她的艺术，这给约瑟芬带来痛苦，他们便以一种近乎绝望的努力来补偿她，正如她的艺术超出了这个民族的理解能力，这个民族也将她本人及其愿望一同置于他们指挥管辖的权力之外。这么做当然是完全不对的，也许在个别情况下，这个民族会很快向约瑟芬屈服，然而，正如他们不会向任何人无条件投降一样，因此也不会对她这样。

长久以来，自她的艺术家生涯开始，约瑟芬便致力争取，希望他们能顾及她的歌唱，免除她的工作；人们应当使她不再为每日食粮担忧，不再参加一切与生存战斗相关的活动，并将这一切转嫁到整个民族身上。一个容易受到鼓动的人——我们当中确实也有这样的人——可能只依据这些要求的特殊性，依据能够想出此等要求的精神状态，便可推断出这些要求的内在合理性。我们的民族却得出其他结论，且平静地拒绝了她的要求。要驳回她提出请求的理由，我们的民族也不费吹灰之力。例如，约瑟芬指出，费力的劳动对她的嗓子有害，尽管劳动所费之力与歌唱相较甚是微小，但她希望自己在歌唱之后有充足的时间休息，为下一回的歌唱养精蓄锐，在这样劳动的情况下，她即便精疲力竭，也永远无法使自己的表现臻至完美。这个民族倾听她，却又置之不理。这样易受感动的民族，有时也会无动于衷。拒绝有时那么斩钉截铁，连约瑟芬都被惊呆了，她佯装顺从，进行她分内的劳动，并且尽她所能地歌唱，但这一切仅是一时的，而后，她便带着新的力量又开始战斗了——看来，她仿佛对此有着无穷的力量。

如今一切都清楚了，事实上约瑟芬所致力争取的，并非她口头提出的要求。她很理智，她不畏劳动，正如好逸恶劳在我们这里根本没有听说过，就算她的要求获得批准，她的生活肯定依然像从前一样，劳动完全不会妨碍她歌唱，而她的歌唱当然也不会更加美妙——她所致力争取的，只不过是她的艺术要获得公开的、明确的、历久弥坚的、远超过一切惯例的承认。看来，在几乎达到所有的其他目标时，唯独在这件事情上她碰了壁。也许从一开始，她就应该往其他的方向进击，也许此刻她认识到这个错误，但不能回头，回头意味着对自我不忠，此刻她必须与这份要求共存亡。

倘若如她所说，她真有敌人，那么他们便可以开心地对这场争战袖手旁观，但她没有敌人，即便有些人时不时反对她，这场争战也不会使任何人高兴。之所以如此，是因为这个民族在此表现出的一种法官式的冰冷态度，平时在我们这里是非常罕见的。如果有人在这种情况下赞同这样的态度，那么试想，有朝一日，若这个民族也对他施以类似的态度，那么一切的快乐便被排除在外。同样，无论是排斥也好，要求也罢，问题都不在事情自身，而在于这个民族竟能以这副铁石心肠来排斥一位同胞，而更显冷漠无情的是，这个民族平时正是以慈父般的姿态来对待这位同胞的，甚至超越了慈父，卑躬屈膝地照顾他。

倘若在此，我们将这个民族替换成一个人——我们可能相信，此人在约瑟芬咄咄逼人的要求下，自始至终都对她让步，直到这样的让步终于让一切结束。他超越凡人之能，做出巨大的让步，同时坚信让步终究会有其限度。的确，他的让步远超过必要，只为让事情加速进行，只为纵容约瑟芬，让她不断许下新愿望，直到她真的提出了这最后的要求，这时，他自然可以断然地一口回绝，因为他早已做好了准备。然而，事情恰恰并非如此，这个民族不需要此等诡计，此外，它对约瑟芬的尊崇是真诚坦率的、久经考验的，而约瑟芬的要求实在过高，以至于每个天真无定见的孩子都能预先告诉她事情的结果。尽管如此，这种臆测多少也可能影响约瑟芬对这件事的看法，于是，这个遭到拒绝的人身上疼痛的伤口，便像撒了盐般更加痛苦了。

然而就算她也会有这样的臆测，她却不会因此而畏惧争战。近来争战甚至加剧了，迄今她仅通过话语进行争战，现在她开始运用别的方法，这些方法在她看来更有效，而在我们看来则会对她自己更危险。

有的人认为约瑟芬变得如此咄咄逼人，是因为她感觉自己在衰老，嗓音显出了虚弱之势，因此现在正是为获得承认进行最后一战的紧要关头。可我不相信。倘若这件事是真的，那么约瑟芬便不再是约瑟芬了。

于她而言，衰老并不存在，嗓音的微弱也不存在。若她要求了些什么，那也不会是受到外在事物的促使，而是内在的思考逻辑使然。她伸手去摘取至高处的桂冠，并非因其碰巧在那一时刻悬挂得低了些，而是因为它就挂在至高处，若她握有权柄，还会将它挂得更高一些。

尽管她蔑视外在困境，却不妨碍她使用不光彩的手段。她的权利毋庸置疑，至于她是如何获取的权利，那又有何干，特别是在这个世界，一如在她面前所呈现的那样，光彩的手段恰恰是行不通的。也许她甚至因此将这场为自己争取权利的战斗，从歌唱的领域转移到了另一个于她而言不太重要的领域。她的追随者四处散播她的言语，从言语当中可知，她感到自己绝对有能力通过她的歌唱，使这个民族的各个阶层，乃至隐藏得最深的反对派，都能够感受到真正的愉悦，但这真正的愉悦并非如这个民族所想的那样——他们坚称，在听约瑟芬的歌唱时，往往可以感受到——而是如约瑟芬所要求的那种愉悦。然而，她补充道，由于她不能假充高深，也不能逢迎下流，因此她只能顺其自然。但是当她为摆脱劳动而战斗时，情况却有所不同，虽然那也是为了她的歌唱而进行的战斗，但是在这里她并未直接用歌唱这样珍贵的武器来战斗，因而她所使用的每个手段都是足够有效的。

譬如，散布这样的谣言：倘若人们不向约瑟芬让步，她就会少唱花腔。我对花腔一窍不通，从她的歌声当中也从未听出过。约瑟芬却要少唱花腔，暂且不取消，而只是少唱。据闻，她当真将她的威胁付诸实践，我却察觉不到那与她先前的演出有何不同。这个民族作为一个整体，一如既往地聆听，并未对花腔唱法有任何看法，对于约瑟芬的要求，其态度亦无改变。此外，不可否认，无论是身形还是思想，约瑟芬有时相当优雅。比如，在那回演出过后，她仿佛觉得关于花腔的决定，对于这个民族来说太过严厉与突然了，因而她宣布，到头来依然会再唱完整的花腔。然而，下一次音乐会之后，她又改变了主意，如今是彻底终结那伟大的花腔了，花腔不会再来，除非人们做出一个对约瑟芬有利的决定。而今，这个民族对这所有的宣告、决定与改变主意，一律充耳不闻，就像一个成年人陷入了沉思，对一个孩子的絮絮叨叨充耳不闻那般，原则上态度和蔼，但一句话也听不进去。

约瑟芬却不肯让步。比如，近来她声称，她在劳动的时候弄伤了脚，这使她没办法再站着唱歌；但由于她只能站着唱歌，现在她必须缩短歌唱的时间。尽管她跛行，被她的追随者搀扶着，却无人相信她真的受伤了。就算承认她小小的身躯是这么弱不禁风，但我们毕竟是个劳动民族，而约瑟芬也是其中一员，若我们仅仅因为皮肤稍有擦伤就要跛行，那么整个民族的跛行将永远无法停止。然而，尽管她一瘸一拐，让人搀扶着走，尽管她在这值得令人悲悯的状态下比平时更常露面，这个民族仍一如既往，充满感恩并且心醉神迷地聆听她歌唱，并不会因为演唱时间缩减而大惊小怪。

由于她不能一直跛行下去，她便想出了其他办法，她推托自己疲惫不堪、情绪不佳、身体虚弱。如今我们在音乐会之外还有一出戏。我们看见约瑟芬身后的追随者，是如何百般恳求她唱歌的。她乐意唱，但她不行。人们安慰她，围绕着奉承她，几乎是将她抬到了先前早已觅得的地点，她该在那里唱。终于，她流下眼泪来让步，但当她显然以最后的决心开始歌唱时，却显得无精打采，也没有像平时那般伸开手臂，而是任其了无生气地垂在身体两侧，此时人们得到这样的印象，她的手臂也许稍嫌短了些——她正想引吭高歌，如今却又不行了，只见她愤懑地猛力将头一转，随即瘫倒在我们眼前。而后，她又挣扎着起身歌唱，我想那应该与平时没有多大不同；也许，若谁的耳力精细入微，便能从那超凡的激昂当中听出端倪，而这却是有益而无害的。末了，她甚至比先前还少有倦意，步态稳健地退场——人们也可以称之为短步疾走——她拒绝追随者的任何帮助，以冷冷的目光审视那些让道给她、对她又敬又畏的群众。

这便是不久前的事；最新的情形却是，在某个大家期盼她歌唱的时刻，她失踪了。不仅追随者寻找她，许多人也投身于寻觅行动，但都徒劳无功；约瑟芬失踪了，她不愿歌唱，她甚至不愿被请求歌唱，这次她彻底离弃了我们。

多奇特，她怎会失算，聪明如她，却如此失算，以至于人们以为她毫无谋算，而只是继续听凭命运摆布，她的命运在我们的世界里，只会是一种凄惨非常的命运。是她自己避开了歌唱，是她自己摧毁了那因打动民心而获得的权利。可她对民心的了解甚少，又是如何获得权利的呢？她躲藏起来，不再歌唱，而这个民族却显得平静，带着家长制的专横，看不出一点儿失望；从容不迫的群众，他们只是迂腐地馈赠礼物，尽管表面看来并非如此，他们永远无法收受馈赠，包括约瑟芬给的，这个民族继续走着它的路。

而约瑟芬的处境只会每况愈下。很快，这样的时刻会来临，她吹响了最后一声口哨而又复归沉默。她是我族永恒历史中的一段小插曲，而族人将会克服失去她的失落。这对我们而言并非易事，集会怎么能全然地缄默无声呢？当然，从前有约瑟芬在的集会，不也是沉默无声的吗？难道她真实的口哨声比回忆中的更加响亮、更加生动、更值得一提？难道那口哨声在她还在世时，只不过是一种回忆？难道我们民族不正是因为约瑟芬的歌唱恒久远，所以才明智地将它置于崇高之处？

　　那么，或许我们并没有很大的损失，而约瑟芬也自尘世的苦恼中解脱，就她看来，这些尘世之苦是为上帝的选民而准备的，她将带着喜悦，消失在我族无数的英雄当中，而后，由于我们并不撰写任何历史，很快地，她在升华的解脱当中被遗忘，正如她所有的弟兄一样。

报刊发表的短篇作品

作品简介

　　卡夫卡生前曾在报纸、杂志上发表了十篇作品，但并未收录成册出版。其中，《女士的祈祷书》《与祈祷者的对话》《与醉汉的对话》《布雷西亚的飞机》《青年的小说》《长眠的杂志》《〈理查与萨穆埃尔〉第一章》《巨响》等八篇是在《判决》（1912年）完成前所写，约写于1909年至1911年；余下两篇则是晚年所写，《煤桶骑士》写于1917年，《寄自马特拉哈札》写于1921年。

女士的祈祷书 [6]

Ein Damenbrevier

若有人在世上舒了一口气，像游泳者自高高的鹰架纵身跃入河里，有时因冲力回击而迷惑得像个可怜的孩子，却不断因美丽的波浪而随波逐流，漂向远方，那么他便会如这本书描写的一般，漫无目的又带着秘密的目的，让目光越过水面；水承载着他，那河水对于在水面上歇息的那人来说，变得漫无边际。

然而，若我们对这初步印象置之不理，便会认为甚至确信，本书的作者在此以一种无法满足的能量在

---

6 本文是卡夫卡为奥地利作家弗朗茨·布莱（Franz Blei，1871—1924）的短篇小说《粉扑·女士的祈祷书》（Die Puderquaste.Ein Damenbrevier，1908）所写的书评，1909年2月6日发表在柏林文学杂志《新路》（Der neue Weg）上。弗朗茨·布莱的《粉扑》于汉斯·冯·韦伯出版社出版。

工作，这种能量使他接连不断的思绪——它过于快速，使人来不及看清脉络——有了令人惊恐的边界。

眼前的情景在急速演变下，使人想到曾有的尝试——远处不可见的沙漠动物叫喊着、驱赶着他——于是隐士一时清醒了。然而，这样的尝试并不像远方舞台上的小芭蕾舞团那样浮现在作者面前，却离他如此近。它们盘踞着他，直到他魂牵梦萦，在他尚未听闻这名女士之前，便已写下："而人们有必要去爱，好让自己全身心优雅地奉献。"美丽的金发瑞典女子安娜·D如是说。

若作者在这部作品中以如此纠结的方式向我们呈现，如今那该是怎样的一番光景？那光景被一种自然的本质承载着，像石头做成的那些云朵，它们曾在巴洛克时期，使那群狂风中拥抱的圣者飞升入天。那本书飘在天空中央，一旦接近边陲便要逃跑，以便穿越天空、追回往昔的事物；天空亘古不变，清澈透明。当然，作者为女士们而写，却无人执着于真的去读它。这样其实已经足够，而不必令她们——若必须如此——自首段便被迫感受到，将一本告解指南握在手中，并且对此格外坚贞。因为那人们所谓的告解，出现在一个无人居住的家里，在一处无人的房间的地面上，灯光幽暗，一切围绕在四周，此起彼伏，掺杂过去与未来，却半真半假，因而每个是或否也成为必要，被问及的与所回答的，总有一半是错误的，特别是当这些话语格外诚恳的时候。在此，正当人们在床边轻声谈话时，在午夜惯常的灯光下，人们怎能在此时此地忘掉那个重要的细节！

与祈祷者的对话 [7]

Gespräch mit dem Beter

有段时间，我日日上教堂，因为我爱上的一个女孩晚间在那里跪着祈祷半个小时，这时我能静静地观察她。

有一回，那女孩没有来，我不情愿地望着祈祷的人们，一名年轻人引起了我的注意，他瘦弱的身躯整个扑在地面上。他时不时地以全身之力揪住他的头发，叹息着把脑袋砸进平放在石头上的手掌里。

7　本文与下篇文章《与醉汉的对话》同属卡夫卡生前所写的首篇作品《一场战斗纪实》(Beschreibung eines Kampfes)的一部分。该作品未曾发表，但这两篇短文经马克斯·布罗德向文学编辑弗朗茨·布莱强烈推荐，一同发表在1909年出版的德国文学杂志《许培里昂》(Hyperion)上。卡夫卡起先拒绝，三人经过一番辩论，最终由布罗德将稿件寄送给弗朗茨·布莱，顺利发表。

教堂里仅有几名老妇，她们那被头巾包裹着的小小的头时常转向一侧，好向那位祈祷者望去。这样的专注似乎使他幸福，因为在虔诚之情剧烈袭来前，他会环视四周，了解观看的人多不多。我认为他这样很不得体，决定在他步出教堂时与他攀谈，询问他为何要用这样的方式祈祷。是的，我当时很生气，因为我的女孩并没有来。

然而，过了一个小时他才站起来，认真地画了十字，而后踉跄地走向圣水盆。我站在圣水盆与门之间的路上，心里知道，若他没有给出一个解释，我不会让他走过去。我噘着嘴，每当我准备要坚决地说些什么时，便会这样。我将右腿往前跨了一步，用它支撑身体，左腿则随意地以足尖点地，这样我也能稳稳站立。

也许此人往脸上洒圣水时就瞥见了我，也许他早已注意到我而感到惊恐，因为此刻，他出人意料地奔出门外。玻璃门砰地关上。我紧随其后，走到门外，但已经看不见他，因为那里有几条窄窄的街巷，交通繁忙。

接下来几天，他没有来，我的女孩却来了。她穿着黑色衣裳，肩上有半透明的花边，下面是半月形状的袖口，剪裁优美的丝绸衣领自花边的底部边缘垂下。

由于女孩的到来，我便忘了这个年轻人，即便他以后又按时到来，依他的习惯祷告，我也不理会他。然而，他总是别着脸，急忙地从我身边走过。也许是因为我总以为他在移动之中，所以即使他站着，我也以为他在蹑手蹑脚地走动。

有一回，我在家里耽搁了时间，尽管如此我还是去了教堂。我没找到那女孩，正打算回家时，发现这个年轻人又趴在那儿。往事浮现，这激起了我的好奇心。

我踮起脚尖走向门口的通道，给坐在那里的盲眼乞丐一枚硬币，然后跟他一起挤坐在那扇敞开的门后面。我在那里坐了一个小时，脸上也许挂着奸诈的表情。在那里我感到舒适，并且决定时常过来。第二个小时，我感到为了那位祈祷者而坐在这里并无意义。然而，到了第三个小时，我越来越气恼，任由蜘蛛在我的衣服上爬来爬去。此时，最后几个人大声喘着气，从黑暗的教堂中走了出来。

他也出来了。他小心翼翼地走着，先是以脚尖匆匆触碰地面，然后才实实地踏上去。

我站起来，笔直地向前迈一大步，抓住了这个年轻人。

"晚上好。"我说，然后一手抓住他的领子，推着他走下台阶，来到灯火通明的广场。

我们下来后，他用颤抖的声音对我说："晚上好，亲爱的、亲爱的先生，请您息怒，我是您最忠诚的仆人。"

"好吧，"我说，"我想问您一些问题，我的先生。上回您自我身边逃开，今天您休想这么做。"

"您多么有同情心，我的先生，您会让我回家的。我很值得同情，这是实话。"

"不，"我在电车驶经的嘈杂声中大喊道，"我就是不让您回家。偏偏我喜欢这样的剧情。您是我的幸运猎物，我祝贺我自己。"

此时，他说："噢，老天，您的心思活跃，头脑却硬如石雕。您称我为幸运猎物，您想必非常高兴！因为我的不幸是动荡的，它停在细细的尖端，摇摆不定，一碰触便会落到提问者身上。晚安，我的先生。"

"好。"我说着，同时紧握他的右手，"假如您不回答我，我就会在街上开始呼喊。所有下班的女店员以及所有等着她们的情人，都将聚拢过来，因为他们会以为是一匹拉车的马倒卜了，或者发生了类似的事情。然后，我会让人们看见你。"

这时，他哭着轮番亲吻我的双手。"您想知道的，我会告诉您。不过我请求您，我们最好走到对面的巷子。"

我点点头，然后我们一同走了过去。

这条暗巷仅有几盏相隔很远的黄色提灯，他不满意，于是领我走到一幢旧屋低矮的门廊，来到悬挂在木楼梯前面、滴着煤油的一盏小灯下。

在那里，他煞有介事地掏出手帕，将它铺在楼梯上，说："坐下来吧，亲爱的先生，这样您更好问，我站着，这样我更好回答。但别折磨我。"

于是，我坐了下来，眯眼仰望着他："您真是个彻底的精神病患，您就是这样的人！看看您在教堂里的举止！多么令人生气，这会让旁观者多么不舒服！若人们不得不注视您，又该怎么保持虔诚呢？"

他的身体紧贴着墙，只有脑袋能自由活动。"您别生气——为何要对跟您无关的事情生气呢？若我自己行为笨拙，我会生气；若是他人行为不良，我会感到高兴。所以，若我说，我的人生目标就是被人们注视，您也不必生气。"

"您在说什么？！"我大喊，这喊声对于这低矮的过道而言未免太吵，但我害怕把声音减弱，"说真的，您在说什么？！对，我早有预感，对，自从我初次见到您，我就预感到您处在怎样的状态。我有经验，若我说这感觉就像在陆地上晕船，可不是在说笑。此病的本质是这样的，您忘了事物的真正名称，现在又急于在它们身上冠上偶得之名。只求快，只求快！可是，您刚从它们身边跑开，便忘了它们的名字。田野中的白杨树，您称为'巴比伦塔'，因为您不知道或不想知道那是一棵白杨树，它再次无名地摇晃着，您应该称它为'酒醉的诺亚'。"

"我很高兴自己听不懂您所说的话。"当他这么说时，我感到有些惊愕。

我激动且急促地说："既然您对此感到高兴，那就表示您听懂了。"

"我确实表现出了这层意思，仁慈的先生，但您的说法也未免太过稀奇。"

我把双手放在上面的一级阶梯上，身体往后靠，以近乎无懈可击的姿势——这是摔跤选手的绝招——说道："您假设别人也经历着您所陷入的困境，您的自救方式还真是有趣。"

接着，他变得胆大起来。他将双手交叠，使自己的身体协调一致并带着几分勉强说："不，我这么做不是针对谁，譬如也不针对您，因为我办不到。但是，若我办得到，我会感到高兴，如此一来，我便无须再在教堂里引人注目。您知道为什么我需要引人注目吗？"

这个问题使我不知所措。诚然，我不知道，而我相信我也不想知道。当时我告诉自己，其实我也不想到这里来，但这个人迫使我听他说话。所以，我现在只需摇摇头，向他表明我不知道，但我却无法摇头。

站在我对面的人微笑着，然后弯身屈膝，带着恍惚欲睡的怪相说："我过去从不曾对自己的人生有过坚定的信念。我仅用一些过时的想法来理解周遭事物，始终相信这些事物曾经存在过，只是它们如今正在逝去。亲爱的先生，我始终有个兴趣，想看看事物向我显明自身之前会是什么样。它们肯定既美丽又安静，定是如此，因为我时常听见人们这样谈论它们。"

由于我沉默不语，只通过不由自主地抽搐的脸来表现我的不快，于是他问道："您不相信人们是这样谈论的吗？"

我认为我必须点头同意，却做不到。

"真的，您不相信？啊，您听我说吧。小时候，有一次我午觉后睁开眼，依稀还在睡梦中，便听见母亲在阳台上用她自然的声调问下面的人：'我亲爱的，您在做什么呀？天这么热。'有个女人在花园里回答：'我在绿意盎然中享用午后点心。'她们说话不假思索，而且不太清楚，仿佛人人都预料得到。"

我以为我被提问了，于是将手伸进后面的裤袋，作势寻找东西。其实我什么也没找，只是想改变一下自己的模样，好显出我在参与对话。同时我说，这件事情稀奇古怪，让我百思不解。我还补充道，我并不相信这件事是真的，它定是为某种我一时看不出的目的而臆造出来的。然后我闭上了眼，因为眼睛很疼。

"噢，您与我的看法相同，这样是好事，而您为了告诉我这些而拦下我，这是慷慨无私的行为。

"只是我为什么要感到羞耻，或者说我们为什么要感到羞耻？难道就因为我走路的时候没有挺直身体，没有用手杖敲打石子路，没有碰触从我身边大声走过的人的衣服？难道我不该理直气壮地抱怨，我是个溜肩膀的幽灵，沿着一幢幢房屋跳跃，有时消失在陈列橱窗的玻璃里？

"我过的是怎样的日子！为什么所有的屋子都盖得这么糟，时有高楼无缘无故地倾塌？我爬上瓦砾堆，询问我遇见的每一个人：'怎么可以发生这样的事！在我们的城市——这已是今天塌掉的第五栋新房子了——您想想吧。'没有人能够回答我的问题。

"时常有人倒在街上，躺在那里死去。这时，所有商家打开他们被商品遮蔽的店门，敏捷地走过来，将死者弄进一幢房子里，然后嘴角与眼睛堆满微笑地走出来，说：'您好——天空是苍白的——我贩卖许多头巾——是呀，战争。'我跳进那间屋子里，多次胆怯地举起弯曲的手指，最后终于敲响了房主的小窗。'亲爱的先生，'我友善地说，'有个死去的人被送到了您这里。请您让我看看他，我请求您。'他摇着头，仿佛无法做出决定。此时，我坚定地说：'亲爱的先生。我是秘密警察。请您立即让我看死者。''一名死者？'他像是被冒犯了，生气了，'不，我们这里没有死者。这是一幢正派的房子。'我向他致意，然后离开。

"然而，当我正要穿过一个大广场时，先前的一切我全忘了。穿过广场很是吃力，这使我感到困惑不解，我时常想：若人们只是出于狂妄而修建这么大的广场，那么为什么他们不去修建一排贯穿广场的石栏杆呢？今日吹西南风。广场上的风很强劲。市政厅塔楼的尖顶被吹得开始打转。为什么不让人群安静些呢？所有的橱窗玻璃都喧哗着，所有的灯柱都摇曳如竹。圆柱上，圣母玛利亚的斗篷卷在一起，被狂风撕扯着。没有人看见吗？本该在石子路上行走的男士与女士如今像飘在空中一样。每当风平息下来，他们便停步相互交谈几句，礼貌地鞠躬致意，然而，当风又猛烈吹起时，他们便无法抵抗，双脚同时离地。虽然他们不得不攥紧帽子，眼睛里却闪烁着欢乐的光芒，仿佛只是一阵微风拂过。唯有我在害怕。"

我感觉像是受到了虐待，便说："您先前所叙述的，有关您母亲与花园里的女士的故事，我认为一点儿也不稀奇。因为我不仅听过、经历过许多这样的故事，甚至有些也参与过。这种事情是非常自然的。您觉得，若是换作我在阳台上，难道不会说出一样的话，从花园不会传出一样的回答吗？这件事多么稀松平常。"

　　听了我说的这些话，他显得非常高兴。他说我穿得俊美，很喜欢我的衬衣领带，说我的皮肤多么细致。他还说，供认的事被撤回时，才最清楚明了。

与醉汉的对话

Gespräch mit dem Betrunkenen

当我小步走到屋门外时，迎面袭向我的，是有星有月的巨大苍穹，以及坐拥市政厅、玛利亚柱与教堂的环形广场。

我静静地从暗影中走到月光下，解开大衣，搓暖自己的身体，然后举起双手，借此让夜的呼啸沉默下来，开始思索：

"你们装得跟真的一样，这是怎么回事？你们是要让我相信，我莫名其妙地站在绿色石子路上，不是真实的？然而，天空啊，你是真实的，这已经是好久以前的事了；环形广场啊，你却从未真实过。

"这是真的，你们总比我优越，但也只有在我不打扰你们的时候。

"谢天谢地，月亮，你不再是月亮，但这也许是我的疏忽，一直把你这个叫'月亮'的东西称作月亮。当我称你为'被遗忘的色彩奇异的纸灯笼'时，为什么你不再那么自负狂妄了？当我称你为'玛利亚柱'时，为什么你差点儿躲避起来？玛利亚柱，当我称你为'投射黄光的月亮'时，我却再也看不出你惴下的态度。

"看来这是真的，当有人对你们思考，这对你们并没有什么好处，你们失去了勇气与健康。

"老天，如果思考者能学学醉汉，那该有多好！

"为何会变得万籁俱寂？我想是风停了。那些时常像安了小轮子一样滑过广场的小房子，现在被牢牢地压在地上——静止不动——静止不动——人们根本看不见平日将它们与地面隔开的那条黑色细线。"

我开始奔跑。我毫无障碍地绕着这个巨大的广场跑了三圈，由于没有遇到醉汉，我没有减速、毫不费力地朝卡尔街奔去。我的影子时常显得比我小，在墙上与我并排奔跑，就像在街道的地面与墙壁之间的狭路中那样。

经过消防队的房子时，我听见了从小环形道那边传来的嘈杂声，我拐了进去，看见一名醉汉站在井栅栏旁，双臂水平伸开，穿着木拖鞋的双脚用力地踩着地。

我先是站住，让呼吸平稳下来，然后走向他，摘下头上的大礼帽，自我介绍道：

"晚上好，柔弱的贵人，我今年二十三岁，但还没有名字。然而您肯定来自巴黎这座大城，并有着令人惊异、悦耳动听的名字。您的身上散发着法兰西失落宫廷那很不自然的气味。"

"您这双眼睛染了色，肯定见过了高贵的女士，她们已然站在又高又亮的露台上，扭动着纤细的腰肢，嘲弄地转过身去，艳丽的裙摆铺散在台阶上，尾端则落在花园的沙土上。——可不是，长杆随处可见，仆从们身穿剪裁怪异的灰色大礼服与白色西装裤，他们的腿攀在长杆上，上半身时常向后仰或者弯向一旁，他们必须用粗绳将一块块巨大的灰色幕布从地上拉起，并在高处拉紧，因为一位高贵的女士希望有个雾气氤氲的早晨。"此时他打了个嗝，我差点儿被吓到，我说："真的，这是真的吗？先生您来自我们巴黎，来自狂风暴雨的巴黎，啊，来自那使人心醉狂喜的冰雹天气？"当他再次打嗝时，我难为情地说道："我知道，这是我莫大的荣幸。"

我迅速用手指扣紧大衣，然后热情而羞怯地说："我知道，您认为我的问题不值得回答，可是若我今天没有问您，那么我将会过着哀泣的生活。

"我请求您，衣饰华美的先生，告诉我，人们跟我讲述的这些是真的吗？在巴黎，是否有些人身穿靡衣，有些房屋仅有巨门；夏日掠过城市的天空是蓝色的，只点缀着心形的白色小云朵——这是真的吗？那里是否有座门庭若市的珍奇物品陈列馆，馆内仅有挂着小牌子的树木，上面写着最著名的英雄、罪犯与情人的姓名？"

"还有这样的消息！这显然是骗人的消息！"

"可不是，这些巴黎的街道突然分岔。街上一点儿也不安宁，不是吗？并非一切始终井然有序，怎么能这样呢！有一回发生了事故，人们三五成群，从邻街走来，踏着大城市人轻盈的步伐，与地面少有碰触。所有人尽管好奇，却也唯恐失望，他们气息短促，引领而望。若有不慎，小小的头彼此碰着了，他们便会深深鞠躬，请求原谅：'真对不起——我不是故意的——人群太拥挤，请您原谅——我承认是我过于笨拙。我的名字是——我的名字是杰洛姆·法罗什，我是卡柏汀街上的香料小贩——请允许我邀请您明日来用午餐——我妻子也将非常高兴。'他们这样说着，街上的喧哗震耳欲聋，袅袅炊烟自烟囱冒出，弥漫在房屋之间。事情就是这样。也有可能是这样——两辆马车停在雅致地段的某条繁华大街上，仆人毕恭毕敬地打开车门，八条名贵的西伯利亚狼犬蹦蹦跳跳地下车，吠着跳着奔过了车行道。当时有人说，那是乔装打扮过的巴黎时髦青年。"

他紧闭着双眼。当我沉默时，他将双手伸进嘴里，撕扯着下颌。他的衣衫上尽是脏污，也许有人将他从小酒馆中撵了出来，而他还对此浑然不觉。

也许是在日夜交替时短暂而宁静的间歇，我们不经意间垂下头，万物也在这不经意间静止不动，进而消失无踪。我们弓着身体独自待着，而后环顾张望，却什么也看不见，连风的阻力也感受不到，然而内心深处仍然记得离我们不远的地方有一幢幢房屋，它们有屋顶，所幸还有棱角分明的烟囱，黑夜穿过烟囱流进房屋，经阁楼流到不同的房间。在不可思议的明天，可以将万物尽收眼底，这是多么幸运的事啊！

这时，醉汉挑挑眉，于是眉眼之间闪烁着光，他断断续续地解释："是这样——我很困，所以我要去睡了——是这样，我有个内弟在温瑟拉斯广场——我去那里，因为我住在那里，因为那里有我的床——我现在要走了——是这样，我只是不知道他叫什么、住在哪儿——我好像忘了——但没有关系，因为我甚至不知道自己究竟有没有内弟——是这样，我现在要走了——您觉得我会找到他吗？"

对此，我不假思索地说："当然会了。但是您从外地来，您的仆人又凑巧不在身边。请允许我送您一程吧。"

他没有回答。我把手臂伸给他，好让他挽着。

布雷西亚的飞机 [8]

Die Aeroplane in Brescia

　　我们抵达了。在航空港前还有一个大广场，上面矗立着令人捉摸不透的小木屋，我们在那屋子上面看见了一些意料之外的指示牌：车库、豪华国际美食，诸如此类。数量惊人的乞丐在他们的小车子中吃得发了胖，一路将手臂伸向我们，有人在急忙之中，试着以跳跃躲过他们。我们超越了许多人，也被许多人超越。我们望向天空，那才是这里的重点。感谢老天，

　　8　1909年9月4日至14日，卡夫卡与好友马克斯与奥托·布罗德（Max und Otto Brod）兄弟同游北意大利，在9月9日的报纸上得知，离他们度假地不远的布雷西亚（Brescia）将举行"航空周"（Flugwoche），由于他们从未见过飞机，因此决定把握机会前往观赏飞行竞赛。9月10日，三人搭乘火车由里瓦（Riva）前往布雷西亚，参观当时即将开始流行的航空秀。之后，马克斯·布罗德强烈建议卡夫卡写下当天的观赏记录，卡夫卡写毕之后经过修改，发表在1909年9月29日的《波希米亚日报》（Bohemia）上，这成为德语文学史上首篇关于飞机的描述。

还没有一架飞机起飞！我们毫不闪躲，却也没有被碾过。在这数以千计的马车当中以及后面，有意大利骑兵队奔驰而过。这里既没有秩序，也没有不幸的事故，两者不可能同时发生。

有一次在布雷西亚的夜里，我们想快点儿到某条街上去，我们觉得那条街相当遥远。一名马车夫说要三里拉，我们议价两里拉，马车夫不肯，只是出于友好才跟我们说那条街简直远得吓人。我们开始对刚刚的议价感到羞愧。好，三里拉。我们上车，马车在这短短的街上转了三个弯，很快就到了我们要去的地方。奥托比我和另一位同伴精力旺盛，他说，他绝不会为了这一分钟的路程付三里拉。一里拉绰绰有余，就一里拉。时已入夜，小街空荡，车夫强壮。他立即激动起来，仿佛争吵已经持续了一个小时那么久——什么？——这是欺诈？——你想到哪里去了。——三里拉是约定好的，那就得付三里拉，拿出来，否则要你们好看。

奥托说："拿出价目表，否则有请巡捕！"价目表？这里没有价目表——坐马车哪里会有价目表！——这是为一趟夜间行车所约定的价钱，若我们给他两里拉，他会放我们走。

奥托吓唬着说："拿出价目表，否则有请巡捕！"几声大喊与几番寻找后，一张价目表被抽了出来，上面除了脏污之外，什么也看不清。因此我们协议出一点五里拉，马车夫在这条窄街上继续行驶，他无法掉头，我可以感觉他不仅愤怒，还很悲哀。可惜的是，我们的行为是不对的。在意大利是不能这样的，其他地方也许可以，但这里不行。但谁在急忙之中会考虑这些！这无可抱怨，没人能在短短的飞行周里变成一个意大利人。

然而，懊恼不该毁掉我们在飞行场上的欢乐，这样只会带来新的懊恼，而我们与其说是走进这座航空港，不如说是雀跃地跳进去，在这太阳底下的兴奋激动之中，我们有时会忽然手舞足蹈起来。

我们行经机库，它们矗立在此，拉上了帘幕，像流动喜剧演员未揭幕的舞台。在机舱上方的幕布上面有飞行员的名字，还有他们家乡的法国三色旗，一起覆盖着机器。我们读到的名字，诸如科比安基[9]、卡哥诺、卡德拉拉[10]、罗吉尔[11]、柯蒂斯[12]、莫歇尔（这架飞机

9　此指马里奥·科比安基（Mario Cobianchi, 1885—1944），意大利航空先驱。

10　此指马里奥·卡德拉拉（Mario Calderara, 1879—1944），意大利航空先驱、海军军官。

11　此指亨利·罗吉尔（Henri Rougier, 1876—1956），法国运动员、自行车赛手、定翼机驾驶先驱，从1909年起在世界航空竞赛中屡屡获奖。

12　此指美国赛车运动员、航空先驱暨企业家格伦·柯蒂斯（Glenn Curtis, 1878—1930），后来创立柯蒂斯飞机与发动机公司。

有如三叉戟[13]，身上有意大利的色彩，它信任意大利人胜过信任我们）、安查尼、罗马飞行员俱乐部。那布莱里奥[14]呢？我们问。我们整日想着布莱里奥，他到底在哪里？

机库前有个被围篱圈住的广场，罗吉尔身着衬衫在那里来回奔跑，他个子矮小，有个显眼的鼻子。他正忙于我们不知道的事情，他将双手用力地甩出去，四处巡逻，边走边触摸各种东西，差遣工人到机库的帘幕后面，再唤他们回来，他自己走进去，每个人都被挤到外面。他的妻子站在一旁，看着那空荡而炎热的空间，她身穿紧身的白色衣裳，一顶黑色小帽紧贴着头发，双腿在短裙之中微微叉开，活像一个小脑袋里装满了生意经的女商人。

在相邻的机库前，柯蒂斯独自坐着。透过微微掀起的幕帘，可以看见他的飞机，它比人们所说的还要大。我们经过时，柯蒂斯正将《纽约先驱报》[15]高举在

13　"三叉戟"（Trident）为希腊神话中海神波塞冬（Poseidon）的武器，状如三叉，传说以此劈开大山，将山石变成岛屿。

14　此指法国航空先驱、发明家、飞机工程师路易·布莱里奥（Louise Bleriot，1872—1936），1909年完成人类首度驾驶飞机飞越英吉利海峡的壮举。

15　《纽约先驱报》（New York Herlad）为1835年至1924年于美国纽约发行的一份重要报纸。

眼前，读着某页上方的一行字；半个小时后我们再经过时，他已读到了那页中间；再过半个小时，他已读完整页，开始新的一页。显然，他今天是不想飞了。

我们转过身，看见一望无际的机坪。它是那么广阔，以至上面的一切皆显荒寂——目标杆在我们旁边，信号杆在远方，起飞弹射器在右边某处，一辆委员会的汽车，带着随风鼓动的小黄旗，在机坪上画下一道道弧线，它在自己扬起的尘土之中停下，旋即又开走。

在一个几乎是热带的国度里，一处人造荒野于此形成，而意大利的达官显贵、巴黎珠光宝气的女士们与成千上万的人在此齐聚，为的是花上好几个钟头，眯着眼望向这片阳光满溢的荒野。这个广场没有那些在体育场上可供增添趣味的物件。这里没有赛马场漂亮的栏架，没有网球场的白线，没有足球赛场的鲜嫩草地，没有汽车与自行车赛道上起起伏伏的石头道。只有下午会看见两三回色彩缤纷的骑手列队穿过。马蹄在尘土中是不可见的，均匀的阳光在傍晚五时之前全无变化。此地完全不受干扰，无物可观、无乐可听，仅有低价座位上的群众吹起的口哨声，试图满足耳朵与焦躁心灵的需求。然而，自我们身后的高价看台望出去，到底每个民族的人皆无不同，无论在看台还是在空荡的地面，人群都聚在一处，成为一体。

在一处木栏杆旁，许多人紧挨着站在一起。"好小啊！"一群法国人如叹息般喊道。发生了什么事？我们挤过人群，看到不远处，在场上那边立着一架机身全为淡黄色的小型飞机，人们正在为它的飞行做准备。如今我们也看见了布莱里奥的机库，还有一旁他的学生勒布朗[16]的机库，它们就建在机场上。我们立马就认出，靠在一边机翼上的人是布莱里奥，他睁大眼睛，看着机械师们的手指如何在引擎那里工作。

一名工人握住螺旋桨的一个扇片，开始转动。他用力拉扯它，猛地发出声响，听起来就像一个壮汉睡觉时的呼吸声，但螺旋桨没有继续转动。又试了一次，又试了十次，有时螺旋桨停止不动，有时它尽力地转几下。问题出在引擎上。新工作开始了，观众比近处干活的人感到更加疲乏困倦。引擎各处都上了油；隐在暗处的螺丝被松开又旋紧；一个男人奔往机库取来一个零件，却不适用；他赶回去，蹲在机库的地板上，双腿夹着那零件，用锤子敲打。布莱里奥与一名机械师交换位置，机械师则与勒布朗交换位置。一会儿由这个男人拉扯螺旋桨，一会儿又换那个人。但是引擎

16　此指法国航空先驱阿尔弗雷德·勒布朗（Alfred Leblanc, 1869—1921）。

不给一丝情面，像一个小学生，大家总是帮他，全班人给他提示、耳语，不行，他就是不会，他老是卡住，老是在同样的地方卡住，不听使唤。有好一阵子，布莱里奥不发一语，坐在他的位置上；他的六个工作伙伴围绕着他站着，一动也不动；所有人像在做梦。

观众终于可以稍微松一口气，环顾四周了。年轻的布莱里奥太太走过来，她长着慈母般的脸庞，两个孩子跟在她身后。若是她的丈夫不能飞行，她会感到不对劲，若是他飞了，她又会害怕，此外，她这身美丽衣裳在现在的气温下未免厚重了些。

螺旋桨再次转动，状况或许比先前好些，也许未必。引擎带着噪声发动了起来，仿佛它成了另一个引擎，四个男人在后面扶着飞机，在无风的状态中，一道气流自转动的螺旋桨吹来，把这些男人的工作服吹得鼓了起来。人们什么也听不见，只有螺旋桨发出的噪声，似乎在发号施令，八只手放飞了这架飞机，它在沙土地上跑了许久，就像一个笨拙的人跑在镶木地板上。

这样的尝试进行了许多次，但都在无意中终止了。每次尝试都将观众的情绪鼓动起来，使他们站在草椅上眺望；在草椅上，他们伸开手臂保持着平衡，同时表示希望、恐惧与欢乐。休息期间，那群意大利达官显贵沿着看台走动。他们相互问候，行礼鞠躬，认出彼此，互相拥抱，在通往看台的阶梯上爬上爬下。人们相互指点着莱提西娅·莎沃亚·波拿巴公主、博尔盖塞公主，还有年纪稍老的莫洛西尼伯爵夫人，她的面色犹如深黄色的葡萄的颜色。马尔切洛·博尔盖塞身在所有女士当中，又像不在她们之中，从远处来看，他的脸似乎还是正常的，从近处来看，脸颊却生硬地紧束在嘴角，显得奇怪。加布里埃莱·达能乔，身形瘦小纤弱，面带羞怯地在委员会的重要人士奥尔多弗雷迪公爵面前跳舞。看台上，普契尼强悍的面孔越过栏杆瞭望着，他的鼻子人称"酒糟鼻"。

然而，这些人物只在人们特意寻找时才会发现，否则，人们目光所及全是装扮时髦的高个子女士。她们喜欢行走，不喜欢坐着，一坐下来她们的衣服就显得不太合身，无法安坐。所有的脸庞蒙上亚洲式的面纱，浮着淡淡的朦胧。宽松的上衣使得整个身体从后面看上去显得怯懦，若这些女士显得怯懦，一种混杂不安的印象就会由此产生！她们的紧身胸衣深不可触，由于所有人都有着纤细的腰肢，她们的腰围看来比一般的宽，跟这些女人拥抱要用力些才行。

至今只有勒布朗的飞机展演过。现在轮到布莱里奥曾驾驶飞越运河的飞机了，无人提及此事，这件事所有人都知道。一段长长的间歇后，布莱里奥已飞到半空中，人们看见他笔直的上半身在机翼上方，他的腿深陷在机舱里面，仿佛成了飞机的一部分。太阳西斜，阳光穿过看台的华盖底，照射着滑翔而下的机翼。所有人都心无旁骛、沉醉忘我地仰望着它。他飞了一小圈，然后他的身影几乎出现在我们的正上方。所有人伸长了脖子看着那架单翼机如何摆荡，如何被布莱里奥控制住甚至攀升。发生了什么事呢？在离地面二十米的上方，有个人被困在了一个木架子上，他正抵御着自愿承担的、看不见的危险。我们则站在下面，屏气凝神地观望着这个男人。

一切顺利。信号杆同时显示风向变得更有利了，柯蒂斯将为了获得布雷西亚的大奖而起飞。真要飞了？人们才就此达成共识，柯蒂斯的引擎便已发出轰鸣，人们才要往那里看，他就已经起飞，离我们远去，越过在他面前渐渐扩大的平原，飞向此刻似乎才开始上升的远方的森林。他在森林上空飞了很长一段时间，直到消失不见，我们不看他，而是看着那一片片森林。在一群房屋后面，天知道是哪里，他出现在同先前一样的高度，朝我们疾飞而来。他攀升时，人们会看见双翼机昏暗的底面俯身倾斜。他下降时，飞机上方的平面在阳光中闪闪发亮。他绕过信号杆，不理会欢迎的喧闹声，掉头径直飞往来时的方向，只是很快又变得渺小又孤独。他这样飞了五圈，飞行五十千米，以四十九分二十四秒的成绩赢得了三万里拉的布雷西亚最大奖。这是一项完美的成就，但并没有得到人们的赞赏，说到底，每个人都认为自己有能力取得完美的成就，好似取得完美的成就并不需要勇气。当柯蒂斯独自在森林上空飞行时，当他那大家都认识的妻子为他担心时，人们几乎要将他忘得一干二净。因为那时怨声四起，说卡德拉拉不会飞了（他的飞机出了故障）；说罗吉尔在他提琴形的飞机上已操劳两天，仍不肯罢休；说佐迪亚克，那艘意大利气球飞艇仍未抵达。关于卡德拉拉的不幸失事，谣传着一些光荣的传闻，以至于人们相信，国家的爱肯定比他的莱特飞机更能将他送上天。

柯蒂斯的飞行还没结束，三个机库内的引擎便开始发动了。尘土迎风飞扬。两只眼睛不够用了。人们在自己的座椅上转身、摇晃，随手扶住身边的某个人，请求原谅，某个人摇摇晃晃，拽住另一人，得到感谢。意大利之秋的天色近晚，原野上的一切再也看不清了。

柯蒂斯结束了他的胜利飞行，从旁走过，微笑地摘下帽子，却不往旁边看，就在此时，布莱里奥开始了一场小小的盘旋飞行，大家先前早已深信他的能力！没有人知道，那鼓掌与喝彩是给柯蒂斯、布莱里奥，还是这位罗吉尔——他那庞大而沉重的飞机冲入云霄。罗吉尔坐在他的操纵杆前，像个坐在写字台前的先生一样，如要找他，可以在他的背后沿着一个小梯爬上来。他转着小圈盘旋上升，飞越布莱里奥，使布莱里奥成了观众，而他仍在不停攀升。

　　若我们还想搭上车的话，就必须在此刻离开，现已约莫七点，许多人已从我们身旁挤过。人们知道，这次飞行只是试飞，将不会被正式记录下来。在航空港前院，有司机与侍者站在他们各自的位置，纷纷指着罗吉尔；马车夫们站在散落在航空港前的许多马车上，也纷纷指着罗吉尔；三列连缓冲器上都载满乘客的蒸汽火车因为罗吉尔而迟迟没有开动。我们幸运地得到了一辆车，马车夫在我们面前蹲下来（车上并无车夫的高座），终于我们又成了独立自主的人，我们驱车离开。马克斯说得很对，人们可以并且应该在布拉格举行类似的活动。他说，不一定要飞行竞赛，尽管那值得一办，但是，邀请一名飞行员肯定是轻而易举的事，参加者肯定不会后悔。事情就这么简单，现在莱特兄弟在柏林飞行，很快将是布莱里奥在维也纳、莱瑟姆[17]在柏林飞行。只需要说服这些人稍微绕道即

　　17　此指休伯特·莱瑟姆（Hubert Latham，1883—1912），法国航空先驱者，首位尝试飞越英吉利海峡的飞行员。

可。我们另外两人没有回答，因为首先我们累了，再者我们也没什么可说的。道路旋转着，罗吉尔出现在空中，他飞得那么高，以至于人们相信很快就只能依据昏暗天空中的星辰来确定他的位置了。我们不停地转过身去；罗吉尔还在攀升，最后我们终于远远地往坎帕尼亚[18]的深处驶去。

---

18 坎帕尼亚（Campagna），意大利南部的一个大区。

青年的小说 [19]

Ein Roman der Jugend

（费莉克丝·史登海姆 [20]：《少年奥斯瓦尔德的故事》，许培里昂出版社 [21]，汉斯·冯·韦伯，慕尼黑，1910年）。

无论喜欢与否，这都是一本使年轻人感到幸福的书。

19　本篇书评发表于1910年1月16日的《波希米亚日报》。

20　费莉克丝·史登海姆（Felix Sternheim, 1882—1946），德国女作家，1910年于慕尼黑出版《少年奥斯瓦尔德的故事：书信小说》（ Die Geschichte des jungen Oswald: Ein Roman in Briefen ）。

21　许培里昂出版社（Hyperion verlag），为1908年由汉斯·冯·韦伯于德国慕尼黑创立的一家著名文学出版社，对其时德语文化圈影响甚巨。1913年之前，该出版社登记的全称包含了创办人的名字。

也许，读者在开始阅读这本书信体小说时，出于必要，他不得不变得天真烂漫些，因为若读者的某种惯常不变的情感一出现波澜，他便垂头丧气，这样是无法成长的。也许是因为读者的天真，让作者的缺点从一开始便在他面前如月光般清晰显现——一个受限的名词，被维特[22]的影子围绕，总以"甜美""妩媚"来令耳朵疼痛。那是一种持续而不断来回的心醉神迷，它永远丰裕，却又经常恋着那文字，如死去般穿行于书页间。

但是，若读者对书的内容有了更深入的了解，若他们得到了一处庇护之所——它的根基与故事的根基一同震颤，那么就不难看出，书信体小说其实更需要作者，胜过作者需要它。书信体小说可以表示出在恒久状态中的快速变换更迭，而且这种变换更迭并不会失去其原本的速度，可以通过一声呐喊宣告一种恒久状态，并保持下去。它允许情节发展无伤大雅地停滞，因为主人公合乎常情的热望令我们激动，当他写信时，所有的力量都在维护他，窗帘垂了下来，他全身都感到安宁，他的手平稳地滑过信纸。在半眠半梦的夜里，

22　指的是德国古典主义作家歌德所著书信体爱情小说《少年维特的烦恼》的主人公维特。

他写下书信；此时眼睛睁得越大，就越容易早早合上。他会连着写下两封信，寄给不同的收件人，第二封信的信头只让人联想起第一封信。在晚间、在夜里、在早晨都有书信写就，除了一双眼睛，在清晨的面容上已经寻觅不到昨夜的痕迹。"最亲爱的，最亲爱的格蕾琴！"悄无声息地从两个长句之间现出身来，各自奇袭般击退长句，获得自由。

而我们抛却一切，名声、诗歌与音乐，我们兀自迷失在那个夏日的国度，那里有田野，有"灰暗的细流纵横交错的荷兰式"草地。在那里，在一个由小孩子、成熟的女孩以及一个聪明女子组成的圈子里，奥斯瓦尔德在简短的谈话当中爱上了格蕾琴。这位格蕾琴活在小说的至深之处，我们从四面八方、一次又一次地向她奔去。我们不时地会忽视奥斯瓦尔德，却不会忽视她，我们甚至能够透过她同伴们震耳欲聋的笑声看到她，就像透过灌木丛看见她一样。然而，一看到她，看到她天然去雕琢的身形，我们就觉得离她如此之近，近得无法再看见她；才刚刚感受到她在近处，我们便被带离她身边，只能眺望着她渺小的身影。"半月当空，她将她的小脑袋倚在桦木栏杆上，好让月光洒在她的脸上。"

这是对今夏由衷的赞叹——谁敢说，或者不如这样说，谁敢证明书中的主人公、爱情、忠诚及所有美好的东西全被直截了当地打败了，而仅有主人公的诗歌大获全胜，而打败它们的仅是一件因自身的冷漠而未被提及的事？于是，读者越接近结尾，就越想回到最初的那个夏天，最后，他没有跟随主人公到自杀的悬崖上，而是幸福地回到那个夏天，并且想永远停留在那里。

长眠的杂志 [23]

Eine entschlafene Zeitschrift

《许培里昂》杂志 [24] 半是被迫半是自愿地结束了它的工作，已经出了十二本巨如石板的白色杂志，如今将要停刊。此事不由得令人回想起1910年与1911年的《许培里昂出版社年鉴》，读者争看此书，就像争睹作古圣人之遗骨，以资消遣。那位重要的创办人是弗朗茨·布莱，这名令人激赏的男子，在繁荣的文学领域当中发挥了他的多才多艺，他孜孜不倦地努力，非但不肯停止，而且还有余力创办杂志。出版商是汉

---

23 本篇书评发表于1911年3月19日的《波希米亚日报》。

24 《许培里昂》（ Hyperion ）杂志为德国许培里昂出版社于1908年至1910年发行的一份文学双月刊，两年共出版十二期。

斯·冯·韦伯，他的出版社起先以"许培里昂"这样的名字为掩护，今天却无须回避文学而躲在旁街，也无须强调它大致的活动节目，它已经成为最具使命意识的德国大出版社之一。

《许培里昂》杂志创始人的初衷是填补文学杂志方面的空缺，这方面首推《潘》杂志[25]，再者是《岛屿》[26]，之后显然缺位了。《许培里昂》杂志的错误便就此开始。其实几乎没有一家文学杂志可以犯下如此高贵的错误。《潘》杂志在它的时代，带给全德国的是惊吓的快意，它统一了本质上合乎时潮却不为人知的力量，并且通过这些力量相互增强。《岛屿》则在那端媚俗取悦，不分位阶，致使杂志失去了存在的必要性。《许培里昂》不属于这两种情况。它是要针对处在文学领域之内的人，给他们一个伟大而又鲜活的代表；但是它并不属于他们，他们并不是真心需要它。那些天性与社会保持距离的人，不可能定期出现在杂志上而感觉丝毫无损，他们定是觉得自己置身于其他作品间

---

25 《潘》（*Pan*）杂志为1895年至1900年于柏林发行的德国艺术与文学杂志，并为德国青年风格创作之载体。

26 《岛屿》（*Die Insel*）杂志为1899年至1901年于慕尼黑发行的德国文学艺术月刊，尽管存在时间短，却是德国世纪之交最重要的文学杂志之一。

的舞台灯光之中，看起来无比陌生；他们也不需要辩白，因为不理解他们的人多是没有大碍的，而爱情则俯拾即是。他们也不需要变强，因为若他们想保持真诚，也只能靠自己勉力维生，以至于人们不先伤害他们就无法帮助他们。若是《许培里昂》否认了其他杂志代表、表现、辩护、变强的可能性，那么，尴尬的弊端就无法避免了——一个像《许培里昂》那般齐聚的文学聚会，吸引了谎言，却无力自我辩解；而同时，《许培里昂》收录了最优秀的文学与艺术作品，永远都实现不了完美的和谐，无论如何也绝不会有其他获利之处。然而，这种种思量无损《许培里昂》这两年来的享受，因为跃跃欲试的热情让所有人忘记一切；但《许培里昂》自身大概也深受这些思量的折磨。

然而，有关它的记忆不会消失，因为在后世，肯定找不到像这样凭借自己的意志、力量、牺牲奉献的勇气与欢欣鼓舞的盲目创办类似企业的人。因此，未被忘却的《许培里昂》开始摆脱外界对它的敌意，再过十年、二十年，它将成为图书文献学的珍宝。

《理查与萨穆埃尔》第一章 [27]

Erstes Kapitel des Buches "Richard und Samuel"

《理查与萨穆埃尔：横越中欧地带的一段小小旅程》为一本平行书写的旅游日记，由一对性格截然不同的朋友共同撰写。

萨穆埃尔是个见多识广的年轻男子，他认真严肃，见解独到，对人生百态有正确的判断，并致力于艺术

---

27 1911年夏天（8月26日至9月13日），卡夫卡与布罗德两人一同旅行，首先经过瑞士抵达北意大利，最后去往巴黎。旅行第一天，卡夫卡提议两人可以同时进行游记的平行书写，用两种视角观察这次旅行，并计划共同写成旅行小说。卡夫卡起先所取的书名为《罗伯特与萨穆埃尔》（*Robert und Samuel*），后来布罗德有意见，将"罗伯特"改为"理查"（Richard）。这部小说仅完成第一章，即《初次的长途火车之旅（布拉格—苏黎世）》，之后便因意见纷歧与共同写作的实际困难而中断。这篇小说于1912年发表在布拉格青年文学刊物《赫德书页》（*Herder-Blätter*）五月号（六月出版）上。

之熏陶，却从不胆怯，也没有变成迂腐学究。理查没有参加社团，他让自己听凭谜一样的感觉，更多是自己的软弱，然而在他窄窄的、偶然的圈子里，却有许多强烈的情感与天真的自主，以至于他永远不会沦为古怪的人物。萨穆埃尔的职业是某艺术协会的秘书，理查是银行主管。理查有财产，他工作只是因为觉得自己忍受不了无事可做的日子。萨穆埃尔则要靠（成功且非常珍贵的）工作维生。

两位虽是学生时代的同学，却是在下述这趟旅行中第一次与对方单独相处。尽管他们互觉对方不可捉摸，却仍珍视彼此。在各方面都可以感受到二人之间的吸引与碰撞。旅游日记描述了在旅行中两人持续升温的亲密关系，在米兰去往巴黎的危险路途上所经历的事情也使得两人惺惺相惜，成为莫逆之交。旅行结束后，这对好友合力开创了一项新颖独特的艺术事业。

这部旅游日记展现了男性友谊的诸多细微之处，它不落俗套，不是一味地描绘异国风情，而是透过充满矛盾的双重视角来审视所游历的国度，清新而富有意义。

初次的长途火车之旅（布拉格—苏黎世）

萨穆埃尔：1911年8月26日午后一时二分启程。

理查：看着萨穆埃尔在他著名且迷你的口袋行事历上写下一些短短的记事，我又有了一个古老的妙点子——我们每个人都应该为这趟旅程写本日记。我把这个点子告诉他。起先他拒绝，然后又同意了，他为两者说明理由，我只是片面地了解两种理由，但这没有关系，我们只是要写日记。现在他又开始嘲笑我的笔记本，它的封皮用的是黑色亚麻布，精装，全新，大开本，正方形，很像学生的作业簿。我预料在整趟旅途中，书包里放着这个笔记本，无论如何都会沉重且令人讨厌。况且我也可以在苏黎世跟他一起买本实用些的。他还有一支钢笔。我会时不时向他借。

萨穆埃尔：某一站，我们窗户对面有个车厢满是农妇。其中一个农妇在笑，她怀里有个小女孩在睡觉。醒来后，女孩对我们眨眼，在半梦半醒中不正经地说："过来。"她像是在嘲弄我们，因为我们没法过去。在隔壁车厢则有一位肤色较深、看起来英勇的农妇，一动也不动地坐着。她的头深深地靠在椅背上，目光则顺着玻璃窗看出去，像一位神秘的希腊女巫。

理查：可是，萨穆埃尔早就准备好跟那些农妇谄媚地打招呼，当中夹带着一种渴望联系的虚假的信任感，对此我并不喜欢。现在火车都要开始动了，萨穆埃尔依然在咧嘴微笑，摇帽招呼。——我说得不夸张吧？——萨穆埃尔将他的第一条评语读给我听，那评语给了我很深的印象。我真希望自己也能多注意注意那些农妇。——检票员前来询问，口齿非常不清，仿佛他询问的人都是搭乘这条路线的常客，无论是谁都要点杯皮尔森[28]咖啡。若有人点，他就按照份数在车厢窗户上贴上细长的绿色纸条，就像从前在缅济兹德罗耶[29]，只要不见码头栈桥，远方的蒸汽船便通过三角信号旗显示要登岸的船只数。萨穆埃尔对缅济兹德罗耶一无所知。可惜我当时没有和他一起在那里。那时候非常美丽。这回也会美得令人惊叹。这趟旅程太快，时间急速流逝，我现在多么渴望遥远的旅行！——前面的描述真是个有些年代感的比较，因为缅济兹德罗耶的轮船码头自五年前就在那里了。咖啡在皮尔森市的月台上，一定要带着纸条才能换到。

　　萨穆埃尔：从月台望过去，我们看见一个陌生女孩向我们的车厢望过来，她是迟到的朵拉·李裴特。漂亮，鼻子圆挺，一小截脖子从白色蕾丝上衣里露出来。火车继续开着，我们共同经历的第一件事情，是

28　皮尔森（Pilsen，捷克语为Plzeň），捷克西部地名。

29　缅济兹德罗耶（Misdroy，波兰文为Międzyzdroje）为波兰北部波罗的海岸边小城，位于德波边境。

在行李网那边，她的帽子从纸袋中飘了下来，轻轻地落在我头上。——我们得知她是一名被调派到因斯布鲁克[30]的官员之女，她要去已经久未见面的父母亲那里。他们在皮尔森的一间技术局工作，整天有非常多事情要做，但他们觉得这样很快乐，对自己的人生也非常满意。在局里，她叫作——我们家的小妮子，我们的小燕子。在那里，她周围全是男人，她是当中最年轻的。哦，在局里多有趣！有人在衣帽间拿错帽子，有人用指尖夹住小面包，有人用阿拉伯胶将蘸水笔粘在公文夹中。我们自己有机会制造这些"无可指摘"的玩笑。她正在给她局里的同事写卡片，上面写着："很不幸，之前所说的事都发生了。我上错了火车，现在在苏黎世。诚挚问候。"我们应该在苏黎世将这张卡片投递出去。她则期待我们是"光明磊落的正人君子"，不在上面写任何字。局里的人当然会担心了，他们会打电报，天知道还会有什么。她是瓦格纳迷，从不错过任何一场瓦格纳作品演出，"近来只有伊索尔

30　因斯布鲁克（Innsbruck）位于今日奥地利西部，奥匈帝国（1867—1918）时期则为其西部行省蒂罗尔州（Tirol）的首府。

德[31]"，她也在读瓦格纳与维森东克的来往书信[32]，她甚至将它带往因斯布鲁克，有个为她演奏钢琴曲的先生替她准备了这本书。可惜她自己少有演奏钢琴的才华，这一点，自从听过她哼唱的几个曲子后，我们就明白了。——她收集巧克力包装纸，将它揉成一个史坦尼奥小球[33]，然后带在身上。这个小球是要给一个女友的，其他目的还不清楚。她也收集烟草包装条，准是要全部放在一个托盘上。——第一位巴伐利亚的检票员出现了。肤色黝黑的朵拉·李装特，尽管外表与官员之女的形象大相径庭，但她仍简短而坚定地表达了对奥地利军队的意见。她认为不只是奥地利的军队很松散，其实德国与其他国家的军队也一样。然而，假如听到军队伴着音乐声经过，难道她不会从办公室跑到窗边去看吗？她才不会，那不是军队。对，她的妹妹说，

---

31 "伊索尔德"（Isolde）指瓦格纳改编自中世纪爱情传说的歌剧作品《特里斯坦与伊索尔德》（Tristan und Isolde）中的女主角。该剧于1865年经由巴伐利亚国王路易二世（Ludwig II.）促成，于慕尼黑皇家宫廷与国家剧院首演。其剧情为瓦格纳与其赞助人奥图·维森东克（Otto Wesendonck）之妻马蒂尔德·维森东克（Mathilde Wesendonck, 1828—1902）的爱情写照。

32 瓦格纳于1852年流亡瑞士苏黎世，结识赞助者奥图·维森东克夫妇，他们提供自己的别墅给瓦格纳创作至1858年，在此期间，已婚的瓦格纳与维森东克之妻马蒂尔德陷入爱河，并激发创作《特里斯坦与伊索尔德》。在此的书信应指于1904年在柏林出版的书信集《瓦格纳致马蒂尔德·维森东克：日记与书信，一八五三至一八七一》。

33 史坦尼奥小球（Staniolkugel）是一种桌上游戏所需要的迷你小球。

那音乐是别的。她在因斯布鲁克的官员赌场中尽情地跳舞。官员制服一点儿也不令她折服，官员于她而言就是空气。之所以会这样，一部分原因显然是那位借给她钢琴谱的先生的错，一部分也要怪我们在菲尔特[34]火车站的月台上来回散步，因为她在车程之后，觉得走路非常舒畅，还用手掌抚摩着自己的臀部。理查却非常严肃地捍卫军队——以他们最爱的口头禅："无可指摘。"——军队用0.5的加速度敏捷地走出来，然后又变得松散。

理查：朵拉·李裴特有圆圆的脸颊，上面布满了金色的细毛，却毫无血色，要双手用力压，它才会发红。她的胸衣很差，衬衣在胸部周围起皱了，这一点应该要避免才对。

我很高兴自己坐在她对面，而非旁边，我就是没办法跟坐在我旁边的人交谈。像萨穆埃尔老是喜欢坐在我旁边，他也喜欢坐在朵拉旁边。我不喜欢这样，如果有人坐在我身旁，我会感觉自己的隐私被探听了。毕竟这样的人不是一眼就能看出来的，你肯定会对他们透露些什么。不过，在行车当中，我坐在朵拉与萨

---

34 菲尔特（Fürth）位于今德国南部巴伐利亚州境内，距离捷克、奥地利不远。当时该城属于德意志第二帝国（Deutsches Kaiserreich，1871—1918），与奥匈帝国为邻。

穆埃尔对面。看他们笑闹久了，我有时会有一种被排除在外的感觉。人啊，不能什么好处都要。我也会看见他们默默地比肩而坐，尽管只是沉默了片刻，当然，那不是因为我。

我对她感到惊叹，她真有音乐感啊。当她在萨穆埃尔面前轻声歌唱时，萨穆埃尔总是带着嘲弄微笑着。也许是那歌唱得有哪里不对，可是一个在大城市独自生活的女孩，对音乐这么有兴趣，难道不值得惊叹吗？她甚至租了一架钢琴，放在她仅是租来的房间里。我们只需要想象——像搬钢琴（还是旧的平台式钢琴！）这样一件麻烦事，会给全家人还有这个弱小的女孩带来多少困难！这需要怎样的自主与坚定！

我询问她家的情况。她跟两个女朋友住在一起，晚上其中一位会去一家食品店买晚餐，她们聊得很愉快，时常大笑起来。听见她描述的生活细节都在煤油灯的照明之下，我觉得很奇特，但我不会告诉她。显然，这样低劣的照明对她来说没什么，否则像她这么能量充沛的人，若她想的话，一定会强迫房东给她换好一点儿的灯。

由于她在整个谈话过程中老是想让我们看她的小包包里有什么，我们也就看见了一个药瓶，里面有些可怕的黄色液体。现在我们才知道，她并不是个完全健康的人，甚至病了好久。病好之后她还是非常虚弱。当时老板亲自建议她上半天班就好（人们待她如此礼貌）。现在她好多了，但她必须喝下这富有铁质的药剂。我建议她把药倒到窗外。虽然她一口同意了（因为那东西的味道很恐怖），却不认真当回事。尽管如此，我还是弯下腰，比先前更靠近她，想跟她解说我对人体自然疗法的透彻见解，好帮她的忙，或者至少保护这位没人劝的女孩，避免她深受其害。至少有那么一刻，我感觉自己是这个女孩的幸运星。——当她笑个不停的时候，我就停下来。萨穆埃尔在我说话的整个过程中不断地摇头，这让我很受伤。我是了解他的。他相信医生，并且认为自然疗法很可笑。我很理解这一点——因为他从来不需要医生，所以对这种事情，他没有严肃独立的思想，譬如这恶心的药剂，他完全无法把它跟自己联想在一起。——要是我单独跟这位小姐在一起的话，我早就说服她了。因为要是这件事情我都说得没有道理，那么其他事情就更别说了！

　　关于她贫血的原因，我从一开始就看出来了。是办公室。人们当然可以像看待一切那样去看待办公室生涯，用有些幽默的方式去感受（这个女孩那么认真地看待工作，完全是被蒙蔽了），然而本质上呢?

遇到不幸的后果时该怎么办？——我知道我大概要讲到哪里。而现在，这女孩竟然要坐在办公室，她的裙子根本就不适合那种地方，为什么得让它始终紧束在办公室，在僵硬的椅子上不断来回滑动？这样一来，还会压到那圆润的臀，同时胸部还要抵在办公桌前缘。——夸张吗？——每每想起一个女孩坐在办公室的画面，我总悲伤不已。

萨穆埃尔已经和她熟起来了。我真是怎么也想不到，他甚至带着她跟我们一同向餐车走去。令人难以置信的是，在这满是陌生乘客的车厢里，我们三人恰恰成为一体，充满归属感地踏进餐车。那时人们会意识到，为了增进彼此的友谊，应该去找一个新环境。现在我甚至坐在她身旁，我们喝红酒，我们的臂膀互相碰触着，我们一同拥有的欢乐的度假气息，让我们真的成了一家人。

萨穆埃尔正在说服她，趁着在慕尼黑停留的半个小时去乘车兜风，尽管外面大雨倾盆，打湿了她充满活力的头发。就在他拦汽车时，她在火车站的拱廊下拉着我的手臂说："拜托，我请您阻止他。我不可以一起去。绝对不行。我告诉您这些，是因为我信任您。您的朋友听不进去别人的话。他疯了！"——我们上了车，整件事情使我尴尬，这也恰恰让我想到电影《白色女奴》[35]里面那位无辜的女主角，在幽暗的火车站出口，被几个陌生男人推进轿车带走了。萨穆埃尔正相反，他心情好得很。由于轿车的敞篷挡住了我们的视线，因此我们至多只看得见每幢建筑的第二层。那是夜晚时分。映入眼帘的是带地下室的房屋。萨穆埃尔由此开始幻想城堡与教堂的高度。由于朵拉始终在黑暗的后座沉默不语，我开始害怕这沉默若是被打破，萨穆埃尔肯定会感到诧异，然后用我认为有点儿老派的方式问："小姐，您不是在生我的气吧？我对您做了什么不对的事情吗？"诸如此类。她则会回应："我来都来了，不想扰了您的游玩兴致。但您不该逼迫我的。若我说'不'，那并非没有原因。我就是不可以乘车。""为什么？"他问。"这我不能告诉您。您必须自己看出来，一个女孩在夜里跟男士们共乘汽车四处晃荡，这样是不得体的。此外还有别的原因。您试想，若我已有归属——"我们会不约而同直接猜到，这件事应该跟瓦格纳先生有关联。事到如今，我也不想自我责备，只想逗她开心。而一直轻待她的萨穆

---

35 《白色女奴》(*Die weiße Sklavin*，1911) 为丹麦电影演员维戈·拉森 (Viggo Larsen，1880—1957) 在柏林自编、自导、自演的默片。维戈·拉森是默片诞生时代的先锋者之一。

埃尔也显得后悔，只想把话题转到乘车兜风上面来。我们雇的司机一一喊出那些看不见的名胜古迹的名字。引擎在潮湿的沥青路上呼啸而过，就像电影里的机器一般。又是《白色女奴》里的场景。这条经过雨水冲刷的黑色长街空荡荡的。最清晰不过的就是"四季"餐厅那没有窗帘遮挡的大窗户，我们都知道，这家餐厅的名字是最高贵的名字之一。穿着制服的侍者在一桌宾客面前鞠躬行礼。我们经过一座纪念碑，高兴地说那是著名的瓦格纳纪念碑，这时她才加入了我们的谈话。我们只在自由纪念碑和在雨中啪啪作响的喷泉旁多待了一会儿。桥下流过的大抵是伊萨尔河[36]了。华丽体面的别墅群沿着英国花园而建。路德维希大街[37]，铁阿提纳教堂[38]，统帅堂[39]，

36　伊萨尔河（Isar），多瑙河的支流，位于德国南部巴伐利亚与奥地利蒂罗尔州之间，源于阿尔卑斯山，向北流至奥地利，汇入多瑙河，最后入黑海。

37　路德维希大街（Ludwigstraße），德国慕尼黑的四条皇家大道之一，由巴伐利亚国王路易一世（Ludwig I, Ludwig Karl August，1786—1868）建造，1830年完工。

38　铁阿提纳教堂（Theatinerkirche），慕尼黑著名的巴洛克教堂，建于17世纪。1659年，巴伐利亚选帝侯费迪南·马利亚（Ferdinand Maria，1636—1679）之妻亨丽埃特（Henriette Adelaide of Savoy，1636—1676）发愿，若得子，将建一座最美最宝贵的教堂，1662年王子诞生，选帝侯夫妇为还愿，翌年聘请意大利建筑师阿戈斯蒂托·巴雷利（Agostino Barelli，1627—1687）规划教堂设计，建造过程历经人事更迭，历时近30年才完工，因而选帝侯夫妇生前未能参加教堂落成仪式。

39　统帅堂（Feldherrnhalle），慕尼黑著名古典主义凉廊，由路易一世令建筑师模仿佛罗伦萨佣兵凉廊于1841年至1844年建造。

赫佰仕啤酒厅[40]。我不知道为什么会这样——我明明到过慕尼黑多次，却已经不认得这些。还有森德灵门[41]。我担心（特别是因为朵拉）没法及时抵达火车站。我们像羽毛那般在城市里整整穿梭了二十分钟——计程器是这么显示的。

我们帮朵拉在直达因斯布鲁克的车厢中找到了一个位子，把她安顿好，仿佛我们是她在慕尼黑的亲戚，那里有个身穿黑衣的女士——她看起来比我们还担心——可以整夜保护朵拉。此时我才发现，原来人们可以这样安心地将一个女孩托付给我们。

萨穆埃尔：朵拉的事情真是彻底失败了。事情变得越来越糟。我想中止旅行，在慕尼黑过夜。直到晚餐时间，约莫到了雷根斯堡[42]站，我觉得该走了。我试着在一张纸条上写下几句话，借此跟理查交换意见。他好像看也没看，只想把它藏起来。最后无人搭理，我也对那沉闷无聊的女人世界没有半点儿兴趣。只有

40　赫佰仕啤酒厅为慕尼黑有数百年历史的赫佰仕啤酒厂（Hacker-Pschorr，1417—）所建的庆典用大厅，自1901年开始成为慕尼黑十月啤酒节（Oktoberfest）的主要大厅。

41　森德灵门（Sendlinger Tor）为慕尼黑老城最南侧的城门，是巴伐利亚国王路易四世（Ludwig IV.der Bayer，1282—1347）于1285年到1337年扩建慕尼黑的建筑之一。1319年首见于文献中，实际存在应更早。

42　雷根斯堡（Regensburg），德国南部城市，巴伐利亚州的直辖市，邻近奥地利边境。

理查开始逗她，殷勤地与她谈天说地。女孩的媚态有些愚蠢，她被他的话鼓舞着，那媚态仿佛在轿车里忍耐多时，终于倾泻出来。道别时，她顺理成章地变成了一个多愁善感的小格蕾琴，理查自然是帮她提行李了，仿佛他配不上她带给他的幸福，而我在一旁只觉尴尬。直白地说，凡是想独自旅行或者无论如何希望被视为独立存在的女性，根本不会沦落到像今天这样卖弄过时的风骚，一下子吸引人，一下子又使人厌恶，然后在造成的一片混乱之中寻找自己的优势。因为人们会看穿她，并且很快在消遣之中更加厌恶她，那会是她始料未及的。

在这场洗漱不便的旅途中的结识之后，还有一项特别的娱乐：在火车站寻找一个可以盥洗的地方。有人会为我们打开一个"小房间"，人们大可以想着更美好的盥洗环境，而我们只能在短暂而有限的时间内顶着一身装束，在两个盥洗台间狭窄的通道里来回转动，不过我们仍然一致认为，这样的文化习惯取决于德意志帝国[43]的设施。在布拉格，人们可能要在火车站花好长的时间四处寻觅，才能找到这样的地方。

---

43 本文的写作与发表，时值德意志第二帝国时期。

我们上车，来到车厢，在理查满心期待之下放好行李。理查开始进行他著名的铺床准备，他将小毛毯折成枕头，垫在头底下，再将挂在墙上的男士斗篷像床帐一般展开来，遮住自己的脸。为了睡觉，他会无所顾忌，我欣赏他这点，譬如他会问都不问一声就将灯光调暗，尽管他知道我在火车上没法睡觉。他在他的椅凳上伸展四肢，俨然一副他在其他同行者面前拥有特权的样子。他能很快自在地入睡。同时身边总有人在抱怨失眠。

在车厢里还坐着两个年轻的法国人（日内瓦高中生）。其中一个，黑发，笑个不停，甚至笑理查让他几乎没有位子坐（理查的四肢伸展着），还笑自己趁理查醒来拜托大家不要抽烟的空当占掉一点儿他睡觉的空间。这些小小的争端因双方语言不通而悄无声息地进行着，因此非常轻松，没有道歉也没有责备。——法国人把夜晚缩短了，他们将一个饼干锡罐互相递来递去，或者卷烟，或者一直走到外面的通道上，喊着对方，接着又走进来。在林道[44]（他们说"莲多"[45]），他

<hr>

44　林道（Lindau）是德国南端的边界城市，位于博登湖东岸的小岛上，属巴伐利亚州的施瓦本行政区，位于德国、奥地利、瑞士三国交界处。

45　此处指法国人讲德语地名的口音差异。

们发自内心地笑着，一整晚都因为奥地利的火车检票员而惊讶不已。一个陌生国家的检票员，看来真是无可抗拒的奇怪，像菲尔特的巴伐利亚检票员一样，于我们而言是非常奇怪的，他身上垂到大腿侧面的红色大肩包摆动着。——眼前的博登湖[46]景致久久不变，它被火车的灯光照着，湖面光滑，再远一点儿，可以看到彼岸船坞上的点点灯火，被幽暗的夜雾笼罩着。我想起了小学时教的一首诗——《博登湖上的骑士》[47]。我度过了一段美丽的时光，将它从我的记忆深处再度挖掘出来。——三个瑞士人闯了进来，其中一个抽着烟，另一个在其他两人下车之后留了下来。起初他显得阴沉低调，接近黎明时却精神了起来。他终结了理查与黑头发法国人之间的争执，并且觉得双方都有错，在接下来的夜晚，他直挺挺地坐在两人中间，并把登山杖夹着放在两腿间。理查表示他也能坐着睡觉。

　　瑞士令人惊叹，铁路沿线的村庄和每个小城里都

46　博登湖（Bodensee），德国南部著名的湖泊，位于德、奥、瑞三国交界处，由三国共同管理，为德语区当中最大的淡水湖，属莱茵河系。

47　《博登湖上的骑士》为德国浪漫主义诗人古斯塔夫·施瓦布（Gustav Schwab，1792—1850）于19世纪初写的诗，后出版同名诗集。施瓦布为"施瓦本诗派"（Schwäbischen Dichterschule）的代表人物，为虔敬的牧师、教授与作家，并着迷于希腊英雄故事，著有《希腊古典神话》（Sagen des klassischen Altertums，1838—1840），流传后世。

坐落着独栋的房屋。圣加仑[48]没有车道规划。也许这其中展现的每个单一个体所拥有的德式独立性，是由区域划分的困境导致的。每个房子的窗户都有墨绿色的木头百叶扇，房屋构架的颜色则更鲜绿，屋舍外围的栏杆带有乡间别墅的风格。尽管如此，一幢房屋就是一间商行，仅有一间，家庭与事业显得无法分别。在别墅区经营企业的制度，使我清楚地想起了罗伯特·瓦尔泽的小说《助手》[49]。

现在是 8 月 27 日星期天的清晨五点钟。所有窗户仍然紧闭，一切都在沉睡。我总觉得我们被困在这火车里，只能呼吸那无处不在、令人窒息的空气，而外面的土地却以自然的方式揭开它的面纱——只有从一辆夜行火车里出来，站在一盏持续燃烧的油灯下，才能够真正察觉。首先映入眼帘的，是一个窄窄的山谷，

---

48 圣加仑（St. Gallen），位于瑞士东北部，靠近博登湖与奥地利边境，为德语区。

49 《助手》（Der Gehilfe / Der Gehülfe，1908）为罗伯特·瓦尔泽早期的小说作品，具写实主义风格。罗伯特·瓦尔泽（Robert Walser，1878—1956）为瑞士德语作家，自小家境贫寒，十四岁辍学，开始银行学徒生涯。瓦尔泽热爱文学，曾在柏林度过人生黄金时期（1905—1913），在此期间出版多部作品并获奖，但默默无闻，少有知音，仅受评论界小众喜爱，卡夫卡、本雅明、黑塞皆推崇他的作品。在流行长篇巨著的时代，他多写袖珍散文，擅写边缘人、漫游者、艺术家。回国后入住精神疗养院直至终老，长达三十年，1933年停止写作，代表作为《散步》（Der Spaziergang，1917）。20世纪70年代，罗伯特·瓦尔泽在德语文学圈被重新发现，并影响了许多当代著名的德语作家。1978年，瑞士设立了"罗伯特·瓦尔泽文学奖"，目前瑞士国铁也有一列火车以他的名字命名。

在黑色山峦与我们的列车之间，然后，穿越晨雾就像穿越天窗那般，被白光照亮，草原渐渐变得鲜绿，像没有人触碰过那般，这使我感到惊异，之后太阳缓慢升起，草地终于褪去了颜色。树木沉甸甸的枝丫沿着整个树干垂到了地上。

这样的形象时常可以在瑞士画家的作品中见到，而我到今天都认为那只是艺术效果，并不写实。

一个母亲与她的孩子们在干净的街道上开始星期天的散步。这使我想起被母亲养大的戈特弗里德·凯勒[50]。

在草原的国度，处处都有精心架设的围篱，有些围篱由树干筑成，它们的颜色铁灰如铅笔，顶部削尖，往往被削成对半使用。我们因此像小孩一般，分享这些铅笔，好从中得到石墨。这样的围篱，我还不曾见过。每个国家的日常生活各有新意，而人们则要警醒自己，在对这些风景印象感到欣喜之余，慎勿拘泥于殊异的小节。

理查：瑞士在破晓时刻，是超凡脱俗的。萨穆埃

---

50 戈特弗里德·凯勒（Gottfried Keller，1819—1890），瑞士德语作家，生于苏黎世工人家庭，五岁丧父，家境贫寒，中学被迫离校自学绘画，1842年起从事文学创作。受资产阶级革命影响，与德国政治流亡者接触，书写大量政治诗，参加革命。1846年，《凯勒诗歌集》（Gedichte）在海德堡出版。1848年，瑞士建立资产阶级民主制度的统一国家，同年，凯勒获奖学金赴海德堡留学，接触无神论与唯物主义思想，1861年后开始从政。代表作为长篇自传小说《绿衣亨利》（Der grüne Heinrich，1879—1880）。

尔把我叫醒，兴许是看见了一座值得看的桥，然而就在我抬头张望的时候，它已经过去了，也许通过这样一个动作，便得以收获对瑞士的第一个深刻印象。外面一片晨光，许久，我全神贯注地望着那远去的桥。

我在夜里睡得出奇的好，在搭火车的时候几乎总是这样。于我而言，在火车上睡觉简直就像例行公事。我躺下，把头靠在最后面，起初试着调整几种姿势，然后与外界隔绝，要是他们还想从四面八方看我，我就用大衣或旅行帽遮住脸，然后用刚刚调整好的舒适睡姿惬意地入眠。起初，周围的黑暗当然对入睡有很大的帮助，然而入睡之后，它就变得多余了。人们当然也可以一如往常地持续交谈，不过，旁边的人往往会警告坐在远处喋喋不休的人，要他们注意这里有个酣睡的人，而他们也不能反驳。因为几乎没有这样一个地方，能够让两种极具对比的生活状态如此接近地存在，他们突然而又意外地在车厢里比邻而坐，然后持续不断地观察彼此，在最短的时间内开始相互影响对方。

要是有个睡觉的人没法让其他人也一起入睡，那么他不是让其他人安静些，就是违背自己的意愿，让他们考虑考虑抽烟，就像我们现在在这趟车程中发生的那样——我在不扰人的清梦里，呼吸着缭绕的烟雾。

在此我解释一下在火车上的美好睡眠。由于嘈杂声直入我心，使我不由自主地神经紧张，无法入睡，思及大房屋与街道在夜里偶然的声响，每阵从远方驶近的车轮声，每个酒鬼的叫骂声，每段楼梯上的脚步声，它们使我更加烦躁，让我对外面的噪声更加气愤并归咎于此；同时，在火车里，行进的声响均匀稳定——车厢的避震器运行的声响，轮子的摩擦声，轨道的碰撞声，由木头、玻璃与铁制成的整个火车体颤动的声音，它们创造了一种全然的和谐，如此我才得以像个健康的人一样入睡。这样的光景在某些时刻当然会旋即消逝，让位于譬如行进中的火车头的一阵鸣笛声，转换车速的时刻，或者火车进站时的景象，那景象像穿过火车一般，不断地穿过我一切的睡梦，直到我醒来。然后，我不惊不喜地听见那些意想不到的地名被报出来，像这次的林道、康斯坦茨[51]，我相信我还听见了罗曼斯霍恩[52]，但我由此得到的益处还不如梦见它们得到的益处多。相反，那宣布地名的声音只会扰人清梦。我若在行车途中醒来，那么这种清醒

51　康斯坦茨（Konstanz），位于德国南部瑞士边境，博登湖西端，是一个有两千年历史的古城。

52　罗曼斯霍恩（Romanshorn）为瑞士东北部城镇。

会来得更加强烈，就像与在火车上睡觉的本质对抗一般。我睁开眼睛，瞥向窗外。我看不见太多窗外的景物，我所看见的，是由做梦者稀疏的记忆所组构出来的。但是我想说，我发誓，我在半夜两点的时候，不知在符腾堡[53]的何处——仿佛我明确地认出符腾堡这个地方——看见了一个男人，那男人站在他乡间小屋外的走廊，倚着栏杆弯下腰去。在他身后，亮着灯的书房门半开着，仿佛他只是走出来，想在睡前出来让脑袋稍微冷静一下……在林道，车站里回荡着一首首旋律，夜间火车进出站时也有，因为人们在周六到周日的夜里毕竟还得继续转车，度过许多夜生活，只在睡觉时能够稍稍分心，人在火车上似乎睡得特别深沉，外面的喧扰不安则显得特别吵闹。铁路乘务员——我时常看见他们从模糊的玻璃窗前跑过，他们不忍吵醒任何人，只是想履行自己的职责——在空荡荡的火车站，一个音节一个音节地大声喊着火车站的名字。这吸引了我的旅伴们，他们开始把音节串成名字，或者

---

53 符腾堡（Würtemberg）为一历史地名，位于今德国西南的施瓦本地区，为今巴登—符腾堡州的一部分，东与巴伐利亚接壤，南与奥地利、瑞士共享博登湖。神圣罗马帝国时期为一领地，1495年成为公国，1806年升为王国，1871年以自治王国加入德意志帝国，"一战"后成为魏玛共和国的一部分。"二战"后，1952年与巴登被一同并为巴登—符腾堡州，是德国第三大州。

干脆坐起来，透过那被反复擦拭的玻璃窗看车站的名字；而我则把头靠在了木墙上。

萨穆埃尔说，他一整夜都没合眼——要是有谁能在行车之中像我那样好睡，那么他也会在抵达时才醒来，在苏醒之际发现自己蜷在车厢一角，经历一夜充足的睡眠，脸庞显得饱满，身体有些潮湿，头发被压得乱七八糟，身上的内衣外衣一天二十四小时下来没有清洗、没有通风，处在火车厢里的灰尘里，在这样的情况下还得继续旅途。如果这时他还有力气，便会开始诅咒睡眠，但他也只是默默地嫉妒像萨穆埃尔那样的人——他大抵只断断续续地睡了一会儿，因此也能更加注意自己，几乎整趟旅程都清醒着，扛住睡眠的压迫，始终保持着清醒的理智。早晨的时候，我随萨穆埃尔的意思行事。

我们并肩站在窗边，我只是因为他而站在那里。他指着窗外，告诉我瑞士有哪些可看的，我听他叙述那些我睡着时错过的景物，并如他所愿，不住地点头赞叹。所幸他并没有对我这样的状态有所察觉或指责，因为在这样的时刻，我不像平常那般精明，他对我反而更加亲切。说真的，当时我只想到了李裴特。与人这样短暂相识，特别是跟女人，我实在难以形成准确的判断。在这段时间里，相识的过往自然浮现，我宁可专注于自身，因为许多记忆让我无法分心，关于她可笑的一面，也时不时闪现在我的脑海里。在记忆中，这段相识的过程很快以值得崇拜的形态显现出来，因为她在其中是那么静默，只忙于自身的事情，然后全然忘了我们，以此显示对这场相识的蔑视。然而，还有另一个原因使我如此渴望朵拉，我记忆中唯一的女孩。这个早晨，光有萨穆埃尔是不够的。他想以好友的身份与我一起旅行，但这对于我来说意义不那么大。这只意味着在这次旅行的每一天，有位穿着得体的男人在我身旁；我看着他，想都不用想，就知道只有在游泳时才可能看见他的身体。萨穆埃尔想当然地会容忍我把头埋在他的胸前，若我想在那里哭的话。然而，当我看见他那张男人味十足的脸庞，看见他密而卷的山羊胡，看见他紧闭的双唇——我便忍住了——我怎能面对着他流下救赎的眼泪？

巨响 [54]

Großer Lärm

我坐在我的房间，这里是整套公寓喧闹声的聚集地。我听见所有的门都在砰砰作响，这些嘈杂的声响淹没了人们在门与门之间奔跑的脚步声，我还听见厨房火炉的门被关上的声音。父亲破门而入，拖着睡袍大步穿过我的房间；在隔壁房里，有人正在刮炉灰；瓦莉在前厅一字一顿地大声问父亲的帽子是否已经洗过了；先是一阵听着还算舒服的嘘声，接着是大声喊叫的回应声。公寓的门闩被打开了，那声音像是从发炎的喉咙里发出来的，伴随一个女人的歌声，门继续

---

54 本文发表于1912年布拉格文学刊物《赫德书页》10月号（11月出版）。

敞开着，最后猛地关上了，发出一声无情的闷响。父亲离开了，现在，在两只金丝雀叫声的带领下，更柔和、更散漫、更绝望的声响开始了。我早就想过，听见金丝雀的叫声时，我是否该把门打开一条小缝，如蛇一般爬到隔壁房间去，趴在地上请求我的妹妹与她们的女伴安静一些。

寄自马特拉哈札 [55]

Aus Matlárháza

现在正在马特拉哈札[56]举办的一场小型展览——安东·霍卢布[57]的塔特拉风景画展，引起了人们的热烈关注，值得前去一看。在水彩画中，展现黄昏时分幽暗肃穆的水彩画似乎更值得青睐；也有描绘晴天白日风光的水彩画，用色非常细致，但仍有一种难以克服的质朴之气。不过，展览中的重头戏——钢笔画，更令

---

[55] 本文发表于1921年4月23日的中欧德语政治文化刊物《喀尔巴阡山周报》（*Karpathen-Post*）。

[56] 马特拉哈札（Matlárháza），又称马特拉瑞（Matlary），位于中欧塔特拉（Tatra）山脉东缘。塔特拉山脉位于今日斯洛伐克与波兰的交界处，为边界山脉。马特拉哈札为一温泉疗养地。

[57] 安东·霍卢布（Anton Holub），捷克画家。

人赏心悦目。这些画笔触温柔，视角迷人，构图精致，时而如木刻画，时而接近蚀刻铜版画，都是令人肃然起敬的惊人之作。它们忠于自然，却又不失个性，比其他作品更能够让人大开眼界，领略山之秀美。若能为这些作品举办一场更盛大的展览，让更多观众看见，我们将不胜喜悦。

煤桶骑士 [58]

Der Kübelreiter

煤都用完了；煤桶空了；铲子徒具意义；炉子吸着冷空气；寒意袭满房间；窗前的树木被白霜冻僵；苍天是一面银盾，与向它求助的人作对。我得有煤炭；我可不能冻死；在我身后是冷酷无情的炉子，在我面前是同样冷酷无情的苍天。因此，我必须策马奔驰，到城中向煤老板求助。然而他对我这一寻常的请求已然麻木，我必须非常明确地向他证明，我已经一点儿煤渣也没有了，他于我而言，就是苍穹中的太阳。我必须去，像个快要饿死的乞丐一样倒在权贵人家的门

---

[58] 本文原计划收录于《乡村医生》，然而1919年春，卡夫卡在校对阶段决定抽掉这篇。最后于1921年12月25日发表于《布拉格新闻》(Prager Presse) 圣诞节副刊。

槛边，使那家的厨娘把最后一点儿咖啡残渣倒出来；同样，煤老板一定会对我发怒，却在"你不可杀人"的信条的光芒下，将满满一铲煤抛进我的煤桶里。

事情的成败，就在于怎么去了。因此我骑着煤桶前去。身为煤桶骑士，我的手搭在桶把上，它是最简单的马辔。我艰难地沿着楼梯旋转而下，到了楼下，我的煤桶却飞升起来，多么壮丽，多么壮丽。就连伏在地上的骆驼，在主人的棍棒下晃动起身的姿态，也没有如此壮丽。我匀速小跑，穿过几乎要被冻结起来的街道。我时常腾高到一层楼的高度，从来不落到房屋大门处。我以非比寻常的高度飘到煤老板的地窖拱顶前——他正在下方低处伏案写字。为了让多余的热气散出来，他将门打开了。

"煤老板！"我喊出声，声音裹在我吐出的气息中，因为寒冷而显得空洞，"煤老板，请您给我一点点煤炭。我的煤桶已经空到我能骑着它走路了。请您行行好。我一有钱，就会还您的。"

煤老板将手放在耳边。"我没听错吧？"他转过头去，问他那坐在壁炉旁织毛衣的妻子，"我没听错吧？有顾客上门。"

"我什么也没听见。"他的妻子说道，呼吸平静地织着毛衣，背对壁炉，惬意地烤火取暖。

"噢，没错，"我喊道，"就是我，您忠诚的老主顾，只是此刻没有钱。"

"妻啊，"煤老板说，"有人，真的有人，真的不是我搞错了。那一定是老主顾，一个非常老的主顾，他知道怎么跟我说话才能打动我。"

"你怎么了，夫啊？"妻子说着，将针线抵在胸前，稍事歇息，"没有人，街上空荡荡的，我们所有的顾客都得到妥善照料了。我们可以关上店铺好好休息几天。"

"可是我明明在这里，坐在煤桶上啊，"我喊道，冰冷无情的眼泪模糊了视线，"请看看上面，你们会马上发现我的。请你们给我一铲煤，你们给我两铲的话，我会欣喜若狂的。所有其他的顾客你们已经都妥善照料了。啊，要是能听见煤炭啪嗒啪嗒被装进煤桶的声音该多好！"

"我这就来。"煤老板说道。他迈开短腿，想走上地窖的楼梯。然而他的妻子一个箭步冲到他身边，牢牢地抓住他的手臂，说："你待在这里。你要是这么固执，那我就上去。想想你夜里的咳嗽多严重。但是为了一笔生意，还是一桩凭空臆想的生意，你就忘了妻子跟小孩，要牺牲自己的肺。换我去吧。"

"那么向他介绍我们仓库里各款的煤炭，之后我把价格喊给你听。"

"好。"妻子说完，便上楼到街上去。当然，她立马就看见我了。

"老板娘，"我喊道，"致上我的敬意。只要一铲煤，就装进这个煤桶里，我会自己把它带回家，一铲最差的就行。我当然会全额付清煤款，但不是现在，不是现在。"这句"不是现在"，混杂在刚刚从附近的教堂塔楼传来的晚钟里，让人听觉混乱。

"他想要什么啊？"煤老板喊道。

"没什么，"妻子回喊道，"这边什么都没有，我什么也没看见，什么也没听见，只有六点的钟声敲响，我们要打烊了。天气冷得吓人，明天我们也许还会很忙。"

她什么也没看见，什么也没听见，但她解开了围裙的带子，试着挥动围裙，把我撵走。很不幸，她成功了。我的煤桶拥有骑士坐骑的所有优点，却没有抵抗的力量，它太轻了，被一条女式围裙挥一下，就离地了。

"你这个坏女人！"我喊道。她则一边转身走回店铺，一边半轻蔑半得意地挥动着手臂。"你这个坏女人！连一铲最差的煤，你都不给。"就这样，我升上冰山之巅，一去不复返。

卡 夫 卡 年 表

1883 年

7月3日，弗朗茨·卡夫卡生于波希米亚王国首都布拉格。波希米亚王国的范围大致相当于今天捷克共和国摩拉维亚地区以外的地方，当时隶属于奥匈帝国。

卡夫卡的父亲赫尔曼·卡夫卡（Hermann Kafka，1852—1931）出身贫寒，是捷克犹太商贩，母亲朱莉·洛维（Julie Löwy，1856—1934）出身犹太中产之家，受教育程度不高，仅能从事主妇之职，协助丈夫经营妇女美妆用品店。

卡夫卡有三个妹妹，分别为爱莉·卡夫卡（Elli Kafka，1889—1942）、娃莉·卡夫卡（Valli Kafka，1890—1942）和奥特拉·卡夫卡（Ottla Kafka，1892—1943），她们都在"二战"期间死于纳粹集中营。大妹与二妹于1941年10月被送往波兰洛兹（Lodz）的犹太集中居住区，翌年死于库尔姆（Kulmhof）集中营；小妹于1943年死于奥斯维辛－比克瑙（Auschwitz II-Birkenau）集中营；另有两个弟弟，皆在幼年病逝。

1889 年（六岁）

就读于弗莱许广场（Fleischmarkt）的德语小学。

9月，大妹爱莉出生。

1890 年（七岁）

9月，二妹娃莉出生。

1892 年（九岁）

10月，小妹奥特拉出生。

1893 年（十岁）

进入旧城德语中学就读，与家人住在柴特纳街。

1901 年（十八岁）

夏天，中学毕业。

秋天，入布拉格卡尔－费迪南大学（Karl-Ferdinands-Universität），当时也称布拉格德语大学（Deutsche Universität Prag）就读；起初修习化学、日耳曼语言文学与艺术史，后改习法律。

- **1902年（十九岁）** 暑假，在波希米亚西北部城镇里波荷（Liboch）与特里施（Triesch）的舅舅家度过，其舅舅西格弗里德·洛维（Siegfried Löwy）为一名乡村医生。

  10月，在大学初识捷克犹太作家与评论家马克斯·布罗德（Max Brod, 1884—1968），后成为莫逆之交。

- **1904年（二十一岁）** 撰写短篇小说《一场战斗纪实》（*Beschreibung eines Kampfes*），此为卡夫卡现存最早的作品。与犹太作家马克斯·布罗德、奥斯卡·鲍姆（Oskar Baum, 1883—1941）、费利克斯·韦尔奇（Felix Weltsch, 1884—1964）等开始固定聚会，交往密切。

- **1906年（二十三岁）** 10月，开始在布拉格地方与刑事法庭实习，为期一年。

- **1907年（二十四岁）** 撰写《乡村婚礼筹备》（*Hochzeitsvorbereitungen auf dem Lande*）。

  10月，受到舅舅推荐，进入布拉格"忠利保险公司"担任临时雇员。随家人搬迁至尼可拉斯街。

- **1908年（二十五岁）** 3月，在《许培里昂》（*Hyperion*）文学双月刊发表八则小短文，后收录于《沉思》（*Betrachtung*）。

  7月，离开"忠利保险公司"，入"劳工事故保险局"任职，它是波希米亚王国的半官方机构，卡夫卡在此工作至1922年，长达14年之久。

- **1909年（二十六岁）** 春夏之际，开始着手写日记。

  9月，与布罗德兄弟（Max und Otto Brod）同游意大利北部，于布雷西亚（Brescia）观赏飞机试飞，写成短篇游记《布雷西亚的飞机》（*Die Aeroplane in Brescia*），不久发表于布拉格的德语报纸《波希米亚日报》（*Bohemia*）。

  秋天，编修《一场战斗纪实》第二版。

- **1910年（二十七岁）** 3月底，于《波希米亚日报》发表五则短文，题名《沉思》。

  10月，与布罗德兄弟同游巴黎。初遇巡回布拉格演出数月的犹太人剧团，并产生兴趣。

- **1911年（二十八岁）** 夏天，与马克斯·布罗德同游瑞士、意大利北部与巴黎。

  9月底，因肺病于苏黎世近郊艾伦巴赫的疗养院停留。

- 1912年（二十九岁）　年初，开始撰写长篇小说《失踪者》（*Der Verschollene*）。这部作品在之后出版时由布罗德更名为《美国》（*Amerika*）。

夏天，与马克斯·布罗德同游莱比锡（Leipzig）、魏玛（Weimar）与哈茨山（Harz）附近一处名为雍柏恩（Jungborn）的天然疗养院。

8月，整理《沉思》书稿，在布罗德家中遇见柏林犹太人费莉丝·鲍尔（Felice Bauer，1887—1960）。

9月20日，开始与费莉丝通信。

9月22日，一夜撰写出《判决》（*Das Urteil*），该小说奠定了卡夫卡的写作风格。

11月至12月，撰写《变形记》（*Die Verwandlung*）。

12月，《沉思》由德国莱比锡的恩斯特·罗沃特出版社（Ernst Rowohlt Verlag）出版，收录短文十八篇。

12月4日，在布拉格举行首度公开演讲，朗读《判决》。

- 1913年（三十岁）　3月，在布罗德家中朗读《变形记》。与费莉丝频繁通信。初次赴柏林访费莉丝。

5月，圣灵降临节假期赴柏林再访费莉丝；月底，短篇小说《司炉（一则断片）》（*Der Heizer : Ein Fragment*）（《失踪者》第一章）在莱比锡由科尔特·沃尔夫出版社（Kurt Wolff Verlag）出版。

6月，《判决》发表于布罗德编集的《阿卡迪亚》（*Arkadia*）文学年鉴。

9月，游维也纳、威尼斯、里瓦（Riva）。

- 1914年（三十一岁）　4月，复活节假期两日赴柏林访费莉丝。

6月1日，在柏林与费莉丝订婚。

7月12日，解除婚约。游历德国北部波罗的海、吕贝克。

7月28日，"一战"爆发，因其公务职能，被免除入伍从军。

8月，在比雷克街租赁自己的房间；月初，开始撰写长篇小说《审判》（*Der Prozess*）。

10月，撰写《在流放地》（*In der Strafkolonie*）。完成《失踪者》最后一章。

- 1915年（三十二岁）　1月，解除婚约后于波希米亚北部边界城市博登巴赫（Bodenbach，今Decin）与费莉丝·鲍尔相见。

  3月，迁居至朗恩街。

  10月，《变形记》发表于德国表现主义文学月刊《白书页》（*Die Weißen Blätter*）十月号。

  11月，《变形记》由科尔特·沃尔夫出版社出版。

  12月，德国犹太表现主义作家卡尔·史登海姆（Carl Sternheim，1878—1942）将其获得的柏林冯塔纳文学奖（Fontane-Preis，1913— ）的奖金八百马克全数授予卡夫卡，作为对其作品的高度肯定。

- 1916年（三十三岁）　7月，与费莉丝·鲍尔同游波希米亚西部的玛丽亚温泉市（Marienbad）。

  9月，《判决》由科尔特·沃尔夫出版社出版。

  11月10日，在德国慕尼黑公开朗读短篇小说《在流放地》；月底，迁居至炼金术士街（位于布拉格城堡旁、中世纪风格与炼金传统受保护的黄金巷），撰写《乡村医生》（*Ein Landarzt*）等短篇小说。

- 1917年（三十四岁）　3月，迁居至美泉宫附近的广场街。

  7月，与费莉丝二度订婚。

  8月，发现肺结核病征。

  9月4日，被医生确诊为肺结核；后至波希米亚西北部曲劳（Zürau，又称Sirem）一处由小妹奥特经营的农场休养。自秋天至翌年春天，于日记上撰写许多箴言。费莉丝曾于9月前往探访两日。

  12月，费莉丝造访布拉格，两人第二次解除婚约。

- 1918年（三十五岁）　居于曲劳至4月。

  夏天，居于布拉格；访波希米亚北部城镇伦布尔克（Rumburg / Rumburk）。

  9月，访奥匈帝国城镇图尔瑙（Turnau）。

  11月起，定居捷克（捷克斯洛伐克共和国于当年10月成立）北部什雷森（Schelesen）疗养，于旅馆结识捷克犹太人朱莉·沃丽采克（Julie Wohryzek，1891—1944）。

● 1919年（三十六岁）　春天，回布拉格。

夏天，与朱莉·沃丽采克订婚。

10月，《在流放地》在德国由科尔特·沃尔夫出版社出版。

11月，与朱莉·沃丽采克订婚一事受到双亲强烈反对；咳血，于什雷森疗养；撰写《给父亲的信》（*Brief an den Vater*）。

● 1920年（三十七岁）　4月，于今意大利北部德语区南提洛（Südtirol）的梅兰镇（Meran）疗养；南提洛原为奥匈帝国（1867—1918）境内最高处，"一战"后被意大利吞并；与已婚的捷克女记者、翻译米莲娜·叶森思卡（Milena Jesenská，1896—1944）因《司炉》的捷克文翻译而开始书信往来，并陷入爱河。

春天，《乡村医生》由科尔特·沃尔夫出版社出版，收录短篇小说十四则。

7月，与朱莉·沃丽采克解除婚约。

夏天至秋天，居于布拉格，撰写多篇小短文。

12月中，赴塔特拉（Tatra）疗养。

● 1921年（三十八岁）　于塔特拉停留至8月。

秋天，再返布拉格。写成短篇小说《最初的苦痛》（*Erstes Leid*）。

● 1922年（三十九岁）　1月底至2月中旬，于捷克北部高山科克诺谢山的史宾德穆勒（Spindelmühle）疗养。后居于布拉格。

春天，写成短篇小说《饥饿艺术家》（*Ein Hungerkünstler*）。

1月至9月，撰写长篇小说《城堡》（*Das Schloss*）。

7月1日，结束在劳工事故保险局14年的任职。

7月底至9月中旬，随小妹奥特拉居于普拉纳（Plana）。

10月，《饥饿艺术家》发表于德国《新论坛报》（*Die Neue Rundschau*）。

● 1923年（四十岁）　居于布拉格。

6月，访德国北部近波罗的海的米里茨市（Müritz），与德国犹太人朵拉·迪亚曼特（Dora Diamant，1898—1952）相遇。

9月，自布拉格移居柏林，与朵拉同居。

10月，写成短篇小说《一名小女子》（*Eine kleine Frau*）。

133

- 1924年（四十一岁） 居于柏林，病情急速恶化，其时德国通货膨胀、政局不安。

  3月，返布拉格，写成《女歌手约瑟芬或耗子民族》
  (*Josefine, die Sängerin oder Das Volk der Mäuse*)。

  4月，由朵拉陪同，前往奥地利东部基尔林（Kierling）的疗养院接受治疗；病中校对短篇小说集《饥饿艺术家》。

  6月3日，病逝于维也纳附近的基尔林市。

  6月11日，安葬于布拉格史塔许尼兹（Straschnitz）的犹太墓园。

  夏天，短篇小说集《饥饿艺术家》于德国柏林出版，共有故事四则。

- 1925年（死后一年） 长篇小说《审判》于德国柏林出版。

- 1926年（死后两年） 长篇小说《城堡》于德国慕尼黑出版。

- 1927年（死后三年） 长篇小说《美国》（马克斯·布罗德所题书名，原名为《失踪者》）于德国慕尼黑出版。

- 1931年（死后七年） 遗稿集《中国长城建造时》(*Beim Bau der chinesischen Mauer*)于德国柏林出版。

- 1934年（死后十年） 遗稿集《在法的门前》(*Vor dem Gesetz*)于德国柏林出版。

- 1935年至1937年 马克斯·布罗德主编《卡夫卡全集》共六册，于美国纽约出版。

- 1950年至1967年 马克斯·布罗德主编《卡夫卡全集》全十册，于德国法兰克福出版。

饥饿艺术家：卡夫卡中短篇
作品德文直译全集

[奥]弗朗茨·卡夫卡 著

彤雅立 译

图书在版编目（CIP）数据

饥饿艺术家：卡夫卡中短篇作品德文直译全集 /
（奥）弗朗茨·卡夫卡著；彤雅立译. — 北京：北京燕
山出版社，2021.1（2025.7重印）
（设计师联名书系·K经典）
ISBN 978-7-5402-4699-0

Ⅰ.①饥… Ⅱ.①弗… ①彤… Ⅲ.①中篇小说－小
说集－奥地利－现代②短篇小说－小说集－奥地利－现代
Ⅳ.①I521.45

中国版本图书馆CIP数据核字 (2020) 第185348号

Ein Hungerkünstler

By Franz Kafka

Jacket design by Peter Mendelsund
本简体中文版翻译由台湾远足文化事业股份有限
公司 / 缪思文化授权
Simplified Chinese edition ©2021 by United
Sky (Beijing) New Media Co.,Ltd.

选题策划	联合天际·文艺家工作室
特约编辑	张雪婷　王书平
美术编辑	程阁
封面设计	Peter Mendelsund　刘彭新

关注未读好书

责任编辑	郭扬
出　版	北京燕山出版社有限公司
社　址	北京市西城区椿树街道琉璃厂西街 20 号
邮　编	100052
电话传真	86-10-65240430（总编室）
发　行	未读（天津）文化传媒有限公司
印　刷	北京联兴盛业印刷股份有限公司
开　本	787 毫米 ×1092 毫米　1/32
字　数	73 千字
印　张	4.5 印张
版　次	2021 年 1 月第 1 版
印　次	2025 年 7 月第 9 次印刷
I S B N	978-7-5402-4699-0
定　价	55.00 元

客服咨询